Valores em Jogo

CAROLINE ROCHA

Valores em Jogo

autografia

EDITORA AUTOGRAFIA
Rio de Janeiro, 2015

EDITORA AUTOGRAFIA
Editora Autografia Edição e Comunicação Ltda.
Av.Rio Branco, 185, sala 2105 – Centro
Cep: 20040-007
Rio de Janeiro

Capa: Guilherme Peres
Editoração eletrônica: Mauricio Pinho

Valores em Jogo
ROCHA, Caroline

1ª Edição
Novembro de 2015
ISBN: 978-85-5526-322-4

Todos os direitos reservados.
É proibida a reprodução deste livro com fins comerciais sem prévia autorização do autor e da Editora Autografia.

SUMÁRIO

Introdução 7
Capítulo 1 11
Capítulo 2 16
Capítulo 3 24
Capítulo 4 31
Capítulo 5 39
Capítulo 6 47
Capítulo 7 53
Capítulo 8 65
Capítulo 9 73
Capítulo 10 84
Capítulo 11 95
Capítulo 12 101
Capítulo 13 109
Capítulo 14 125
Capítulo 15 137
Capítulo 16 148
Capítulo 17 161
Capítulo 18 169
Capítulo 19 184
Capítulo 20 192

INTRODUÇÃO

Esta é a história de Stefany, uma menina romântica e sonhadora. Stefany é uma menina de vinte e um anos que mora no Rio de Janeiro. Por que menina? Porque ela é uma adulta bem madura para a sua idade, mas que ainda sonha com o seu próprio conto de fadas, acredita que tudo pode dar certo, não assiste aos jornais por achar que só tem tragédia e só ouve música pop e assiste a filmes de comédia romântica! Ela não tem a mente vazia, muito pelo contrário, ela sabe o que quer e vai atrás até conseguir, desde que seus pais (em especial, o seu pai) não sejam contrários a sua opinião. Por serem mais velhos, e por ela ter crescido ouvindo-os dizer que eles já tinham vivido mais, então sabiam de tudo, ela, na grande maioria das vezes, fazia o que eles aconselhavam. Apesar disso, ela não era desconectada do mundo. Sabia, por alto (já que não assistia ao noticiário), o que acontecia no mundo, tinha a sua opinião própria, era responsável nos estudos e tinha um bom papo para conversar com praticamente qualquer tipo de pessoa.

Ela já estava cursando o último período da Faculdade de Arquitetura, o que dava muito orgulho aos seus pais. João, pai de Stefany, era engenheiro e trabalhava em uma grande empresa. Sempre teve o sonho de ter sua própria empresa, fazer muito sucesso e se tornar rico. Infelizmente, ele nunca alcançou este sonho e, chegando a casa dos sessenta anos, praticamente aposentado por tempo de serviço, sabia que dificilmente conseguiria realizar. Sua aposta sempre foi na sua filha. Na opinião dele, Stefany era capaz de conseguir tudo o que ele não tinha conquistado. Por isso, desde o início sempre pagou as melhores escolas, mesmo quando precisava entrar no cheque especial, mas deu tudo de melhor para que, quando ela prestasse o vestibular, tivesse a chance de ser aprovada em uma grande universidade pública. Este sonho se concretizou! Stefany foi aprovada na Universidade Federal em quarto lugar para estudar Arquitetura logo após completar dezoito anos de idade! Após essa conquista, só faltava a formatura, o emprego em uma grande empresa e não demoraria muito para que ela conquistasse o tão esperado sucesso e ficasse rica. A mãe, Ana, não compartilhava desses ideais. Sempre achou muito importante o apoio que o marido dava para a filha, mas achava exagerada essa busca pela riqueza. Ana sempre dizia que o dinheiro era importante e que seria ótimo se eles tivessem mais dinheiro para poder aproveitar um pouco mais a vida, mas alertava que o primordial era a saúde e a felicidade da família. Ela sempre incentivou os estudos das filhas e também desejava que passassem para uma universidade de boa qualidade, mas visando uma boa oportunidade para as filhas, uma chance de elas trilharem um caminho que as levasse para muitas portas abertas.

Quanto a palavra filhas, no plural, é isso mesmo! Stefany tinha uma irmã, Julia, que era dois anos mais velha. Quem visse as duas, uma ao lado da outra, não diria que tinham qualquer parentesco que fosse! Enquanto Stefany tinha 1,70m de altura, pesava 62kg, mantinha seus cabelos naturais (loiro escuros e levemente cacheados) e tomava certos cuidados com a beleza, Julia era o extremo oposto. Desde nova, Julia era mais baixa, e, ao contrário do que muitos disseram que poderia acontecer, ela não cresceu muito no início da adolescência. Então, com os seus 1,60 de altura, 50kg, cabelos tingidos de preto extremamente lisos graças a escova que ela fazia quase diariamente e sem nenhum cuidado extra com a beleza, as duas nem pareciam irmãs! Até para pintar o cabelo Julia se recusava a ir ao salão, ela mesma comprava a tinta na farmácia e pintava sozinha, trancada em seu quarto. Ana sempre tentou trazê-la para mais próximo da família, mas Julia parecia recusar essa aproximação. Talvez por ciúme da irmã mais nova ou pelo descaso do pai.

    Stefany gostaria de ser amiga da irmã. Muitas vezes ela sentia falta de ter alguém próximo para conversar sobre o que viesse em sua cabeça, sem medo de se expressar, só que Julia nunca baixou a guarda para a irmã. Na verdade, a impressão que Stefany tinha, era a de que Julia aumentava cada vez mais a barreira toda vez que uma tentativa de aproximação era feita, e, por isso, em um determinado momento, ainda na adolescência, Stefany desistiu, por mais triste que isso a deixasse. Já seu pai não agia da mesma forma. João demonstrava claramente o quanto preferia a filha mais nova. Julia sempre foi, como ele gostava de dizer: "um bicho do mato", uma menina difícil de lidar, cheia de manias e vontades, com pouquíssimos amigos. Fazer uma festa para ela na época da escola era quase impossível! Quando perguntavam que amigos ela queria convidar, Julia escolhia no máximo cinco colegas e ficava emburrada a festa inteira caso os pais convidassem algum amiguinho que não estava na lista que ela tinha feito. Stefany, por outro lado, era amável e ouvia os pais com toda atenção. Desde pequena era obediente, nunca ultrapassava os limites impostos pelos pais e foi uma adolescente que qualquer pai gostaria de ter em casa! Não tinha problemas, não tinha crises, não achava que a vida estava toda errada e, o principal na opinião do pai, sempre perguntava a opinião dos pais antes de tomar qualquer decisão. João se perguntava como era possível ter duas filhas tão diferentes! Ele amava as duas, mas não conseguia deixar de esconder a preferência que tinha pela mais nova, pela sua "caçulinha", como ele gostava de chamar.

    E é assim que a história de Stefany começa a ser narrada. No início do último período da faculdade, no dia em que o filho do dono da empresa onde seu pai trabalhava volta de um intercâmbio nos EUA e no momento em que um flerte começa a ficar sério.

CAPÍTULO 1

EU JÁ DISSE QUE NÃO VOU! – Foi a última frase de Julia antes de bater a porta do quarto e se trancar lá dentro.

João já estava acostumado com as pirraças da filha mais velha, mas dessa vez ela estava indo longe demais! Faltavam apenas duas horas para o almoço e eles não poderiam chegar atrasados! Tinham que passar a melhor impressão possível no almoço oferecido na casa do chefe. Afinal, não era todo dia que o chefe convidava alguns funcionários para um almoço na própria casa! E que casa! João nunca tinha entrado, mas pelas fotos sabia que era uma mansão enorme. E não era uma redundância dizer que a mansão era enorme, pois ele tinha certeza de que poucas mansões tinham o tamanho da que ele estava prestes a conhecer. A casa tinha três andares e só de quarto, em uma conta rápida, deviam ser uns dez! Tinha uma churrasqueira ao lado de um espaço coberto com uma grande mesa e cadeiras muito confortáveis, um jardim muito bem cuidado e um chafariz próximo a dois bancos, além de uma piscina olímpica para os adultos e uma outra infantil!

Esse sempre foi o sonho de João. Ele acreditava que deveria morar em uma casa assim! O sucesso de Dan, seu chefe, se dava a herança que recebeu com a morte de seu pai. O Sr. Peter tinha construído toda aquela riqueza e ensinado ao filho como deveria cuidar após a sua morte. Só que Dan não era tão habilidoso quanto seu pai! As grandes ideias que a empresa ainda tinha no ramo da engenharia se devia às ideias de funcionários, que recebiam muito bem para ficarem calados sobre a verdadeira fonte de criatividade e, claro, para que nenhum deles pedisse demissão e fosse para outra empresa!

João sabia que só tinha que esperar a ideia certa para se tornar um dos sócios da empresa! Ele teria uma ideia tão original e importante que, um dia, Dan e todos os sócios estariam comendo na mão dele!

João balançou a cabeça, saindo de seu devaneio. A prioridade agora era fazer a sua filha mimada se arrumar e se destrancar do quarto, pois já estava quase na hora de sair. Não podiam se dar ao luxo de atrasar! Dan estava organizando uma festa surpresa para o seu filho, Lucas, que estava fazendo intercâmbio nos EUA. Com vinte e seis anos, Lucas já estava começando a ser treinado pelo pai para conhecer bem a empresa que um dia seria dele. João ainda não o conhecia, mas já sabia que para conquistar ainda mais a confiança de Dan, precisava se aproximar ao máximo de Lucas. Afinal, todo pai gosta de quem trata os seus filhos bem! E era dessa forma que João tentaria subir mais um degrau na empresa. Ele já tinha conseguido ser nomeado Engenheiro Chefe e só saía do escritório quando a empresa fechava projeto com peixes grandes, mas ainda não estava satisfeito com o cargo que exercia. Ele queria mais, muito mais! E a filha não poderia estragar os planos dele.

- Você tem que falar com a sua filha! – João falou rispidamente com a esposa.

- MINHA filha? – Ana retrucou. – Não lembro de ter feito sozinha! – Mesmo assim ela foi em direção ao quarto da filha. Ana sabia que o marido estava muito nervoso por ser o primeiro almoço que eles tinham sido convidados na casa do chefe, e ela não queria que esse nervoso piorasse ainda mais por conta da pirraça da filha. Ao chegar a porta do quarto, Ana respirou fundo e bateu:

- Julia, minha filha, posso entrar?

-Pra quê? Pra me convencer a ir pra essa festa chata? Nem perde o seu tempo! Não vou e ponto! – Julia falou alto. Pelo menos tinha parado de gritar.

- Filha, eu só quero conversar com você! Por favor, me deixa entrar! - A resposta foi o silêncio. Ana já estava indo embora quando ouviu a chave girando na fechadura. Como a filha não abriu a porta, Ana girou a maçaneta, abriu a porta e entrou no quarto.

 Era difícil entender como a filha conseguia viver trancada naquele quarto escuro. As paredes só eram brancas porque eles dois tinham sido firmes quando pintaram a casa três anos antes, se não hoje elas seriam roxas como Julia escolheu na época. As roupas só ficavam dentro do armário quando a mãe as trazia passadas. Depois, cada roupa que Julia usava, deixava jogada em cima da cama, no chão ou na mesa de estudos, já que ela nunca usava para estudar mesmo. Apesar de nunca estudar em casa, Julia tirava notas boas na maioria das matérias e, apesar de ter ficado em recuperação algumas vezes, nunca tinha sido reprovada, nem durante a Faculdade de Ciências da Computação. No momento, Julia estava fazendo um curso de Desenho Gráfico para se especializar no que ela realmente gostava de fazer, e não tinha conseguido um emprego ainda. Fora essa aparência, a mãe sabia que, no fundo, a filha só queria um pouco de carinho.

 - Filha, - disse Ana enquanto se sentava na cama ao lado de Julia e passava a mão pelos longos cabelos lisos e pretos. – a mamãe não gosta de te ver triste, mas você está exagerando ao agir dessa forma.

 - Exagerando?! – Julia olhou a mãe com os olhos cheios de lágrimas – Como eu posso estar exagerando?! Meu pai nem gosta de mim! Eu sou a filha imperfeita dele! Aquela que ele nunca gostaria de ter tido! Por que eu tenho que me dar ao trabalho de ir a esse churrasco para ele esfregar na minha cara o quanto ele prefere a caçula perfeita?!

 - Julia, minha querida, isso não é verdade! O seu pai te ama, assim como...

 - MENTIRA! – Julia cortou a mãe, gritando – ELE NÃO ME AMA!

 - Filha, calma! – Ana abraçou Julia e ela começou a chorar mais forte.

- Eu não quero, mãe! Não quero ir! – Julia repetia baixinho enquanto chorava abraçada a mãe.

Stefany ficou parada na porta. Ela ia tentar conversar com a irmã para acalmá-la e convencê-la a ir à festa, mas parou quando ouviu a irmã gritando. Stefany sempre percebeu que o problema que a irmã tinha com ela era por causa do modo diferente de como o pai tratava cada uma delas. Stefany podia imaginar o quanto a irmã sofria ao ver a grande aproximação e amizade que o pai tinha com Stefany, mas Julia também não ajudava! Ela sempre teve esse jeito mais explosivo e diferente de todos os outros membros da família, e nunca tentou mudar um pouco ou abrir espaço para que as pessoas pudessem se aproximar. Por mais que fosse desejo de Stefany ser próxima à irmã, ela já tinha desistido e, quando ouvia a irmã repetir o que tinha acabado de dizer mais uma vez a sua mãe, ela ficava com receio de que essa aproximação nunca fosse existir.

Passados alguns minutos, Stefany estava sentada no sofá da sala com o pai assistindo a um filme na TV a cabo, quando a mãe se aproximou e disse:

- Já acalmei a Julia e ela está terminando de se aprontar. Por favor, João, não piore as coisas. – E completou quando viu a expressão que o marido tinha feito – João, você sempre dá um jeito de depreciar a Julia na frente dos seus amigos, então, por favor, não faça isso! Se fizer, não tentarei acalmá-la de novo!

- Ok. – Foi tudo o que João respondeu, pois Julia já estava se aproximando.

-Pronto. – Julia usou um tom seco, mas logo se calou quando viu o olhar repreensivo que Ana tinha dado.

- Ótimo! Todos para o carro então! – João desligou a TV e foi pegar a chave do carro e a carteira que estavam na estante.

- Você está linda! O seu cabelo está muito brilhoso! – Stefany deu um sorriso na tentativa de melhorar o humor da irmã.

- Tenho certeza de que o pai prefere o seu modelito. – Falando isso, Julia saiu de casa e foi em direção à escada, para não ter que esperar o elevador.

- Onde ela está? – Perguntou João ao trancar a porta de casa.

- Foi de escada pra fazer um exercício físico. – Ana logo respondeu com receio de que isso pudesse gerar uma nova discussão.

- Hum. Como se dois lances de escada fossem fazer muita diferença. – Ele abriu a porta do elevador e todos entraram. Finalmente estavam a caminho da tão esperada festa de recepção do Lucas.

CAPÍTULO 2

Chegando à casa, todos ficaram boquiabertos. João sempre comentava como era a mansão do patrão toda vez que via alguma foto, mas a família achava os elogios um pouco exagerados e imaginavam que seria uma mansão dessas que se vê em novelas e filmes. Realmente não era. Se fosse para comparar com qualquer imóvel que já tenha aparecido na televisão, teria que ser com algum castelo. Só não diziam que era um castelo, pois não tinha torres, o telhado era plano e a aparência, definitivamente, era de uma casa. Sorte que João, apesar de também estar surpreendido, já que era a primeira vez que via ao vivo e a cores, conseguiu sair do transe e deu o nome de todos ao segurança para ele poder liberar a entrada do carro. Assim que o carro foi liberado e os portões foram abertos, os outros membros da família começaram a acordar também e expor suas primeiras impressões:

— Nossa, que linda! — Ana falou com a voz ainda fraca.

— Muito mesmo! — Falou Stefany aproximando o rosto do vidro para poder ver melhor cada detalhe da mansão, dos jardins e do caminho feito para os carros passarem, que era ladeado por lindas flores coloridas.

— Linda é pouco! É maravilhosa demais! Uma verdadeira perdição! — Exclamou Julia com a voz alta. — Nossa, tô ansiosa pra ver o que eles vão servir de comida! Só deve ter coisa boa!

— Com certeza só terá comida boa, mas, por favor, se comporte e não faça a gente passar vergonha! — Falou João, com o medo de sempre.

- Se tava com medo que eu fizesse vocês passarem vergonha, me obrigou a vir por quê? – Julia falou com um tom de voz mais alto e jogando o corpo para frente.

-Parou! – Ana teve que intervir, levantando as duas mãos. Os dois ficaram quietos. – Eu não quero mais nenhuma discussão! Os problemas de hoje cedo já foram resolvidos, agora eu quero paz! – Falando isso ela encerrou a conversa e a discussão e todos ficaram calados até saírem do carro e João se aproximar do chefe na beira da piscina.

- Bom dia, João! Que bom te ver! E a sua família também! – Dan acrescentou assim que reparou que as três mulheres vinham um pouco mais atrás. Na mesma hora se encaminhou até Ana, pegou sua mão direita, deu um beijo e disse:

- Prazer em rever, Sra. ...

- Ana! – Dando um sorriso, completou – O prazer é todo meu! E muito obrigada por ter nos convidado para a festa de chegada do seu filho! O senhor deve estar muito feliz com a volta dele!

- Ah! Como estou! Foram dois anos e meio! No início, ele pretendia ficar apenas um, mas se encantou com os Estados Unidos e quis estender um pouco a estadia. E eu, sendo pai, como poderia negar esse pedido de um filho? Quem é pai me entende. Fazemos tudo por um filho, qualquer coisa que os façam felizes, independente do que seja!

- Com toda certeza, Sr. Dan! O senhor com certeza é um ótimo pai! – João falou na mesma hora, interrompendo a conversa com a esposa. Provavelmente ele não estava gostando de não ser o centro das atenções. Sendo assim, resolveu apresentar as filhas: - E essas são minhas filhas: Julia – apontou para Julia e ficou olhando ameaçadoramente para ela conforme Dan deu um sorriso e segurou a mão de Julia para beijar, assim como tinha feito com a mãe. – e Stefany.

- Ah, Stefany! – Dan se virou completamente para ela e fitou por uns segundos antes de pegar a mão e fazer o mesmo que tinha feito com a mãe e a irmã anteriormente. – A famosa Stefany! Seu pai fala muito de você! Sempre traz novidades sobre a faculdade, estágios, conquistas! Você já é tão famosa na empresa que fazemos questão de que sua primeira entrevista assim que terminar a faculdade seja para a nossa empresa! O dia que for! É só seu pai falar comigo!

- Nossa, muito obrigada pela oportunidade! – Stefany agradeceu completamente sem graça. Stefany sempre soube que o pai vivia falando de sua vida para as pessoas, mas ela não imaginava que, dentre essas pessoas, também estava o chefe dele! Sem falar que era muito constrangedor as pessoas a tratarem tão diferente da irmã. Assim que agradeceu, Stefany olhou para sua irmã e viu que ela a metralhava com os olhos. Como as duas poderiam ter uma amizade dessa forma? A culpa nunca foi de Stefany, mas ela também não tirava a razão da irmã por odiá-la. Por sorte, uma empregada da casa se aproximou e comunicou que a esposa de Dan tinha acabado de ligar avisando que ela e o filho já estavam se aproximando da casa.

- Bem, preciso ir! Em poucos minutos eles chegam! Espero que minha esposa não tenha contado a surpresa e que ele não tenha feitos muitas perguntas sobre a minha ausência na hora de buscá-lo no aeroporto! – Dan fez um aceno com a cabeça e se retirou.

- Viu, quase não chegamos na hora! – João ia começar outra discussão, mas dessa vez Ana foi mais rápida e o cortou logo:

- Poderia ser, mas não foi. Isso que importa! Vamos nos aproximar?

Dan estava no centro do gramado pedindo para todos se aproximarem para que não pudessem ser vistos enquanto o carro entrava no estacionamento, mas, também, para serem vistos assim que a mãe trouxesse Lucas diretamente para o jardim. Passados alguns minutos, todos fizeram silêncio e, um pouco depois, já estavam todos batendo palmas assim que mãe e filho foram vistos.

- Palmas pra quê? – Julia perguntou em tom irônico.

- Não te interessa! Se todos estão batendo palmas, você vai bater também! – João respondeu rispidamente. Stefany cerrou os olhos com medo de mais uma discussão, mas assim que os abriu, viu que o pai tinha dado alguns passos à frente para poder ver melhor o cumprimento dos familiares. Salvos pelo momento!

    Passado algum tempo, depois que todos já tinham achado uma mesa para sentar e João tinha se levantado para cumprimentar alguns colegas do trabalho, Stefany foi ao banheiro. Lá dentro, ela ficou impressionada mais uma vez. Parecia banheiro de shopping! Piso de porcelanato, mármore nas quatro pias, um espelho de ponta a ponta, cobrindo todas as pias e quatro sanitários com um desenho de árvore diferente em cada porta. Aquilo definitivamente não podia ser real! Com certeza era mágico, mas Stefany não conseguia imaginar como seria viver em um ambiente assim. Ao sair do banheiro, Stefany andou devagar para poder aproveitar um pouco mais o espaço e apreciar a beleza da natureza. Enquanto andava, ela chegou perto do jardim onde ficavam os bancos e ficou sentada apreciando a piscina. De repente ouviu uma voz masculina e um rapaz sentou ao seu lado:

    - Você eu não sei quem é!

    - Stefany. Sou filha do João, que trabalha na empresa do seu pai. – Falando isso Stefany apontou para o seu pai que estava tentando se aproximar do grupo onde Dan estava conversando.

    - Ah, João. É, ele eu conheci. – Stefany percebeu que tinha alguma coisa no "é". – Mas falando sobre você, quantos anos você tem?

    - Vinte e um.

    - Uau! Tenho vinte e seis e fui apresentado a um monte de velho e esqueceram justamente de uma gatinha de vinte e um! Muita injustiça! – Lucas falou sério, mas ao acabar de falar deu uma piscadela para Stefany. Ela não entendeu muito bem o porquê da piscada no final. Se ele achava que estava tornando a conversa interessante, ele estava muito enganado! De qualquer forma, ele era filho do chefe de seu pai e ela estava dentro da casa dele, então não poderia deixá-lo sem graça. Sendo assim, ela sorriu e voltou a olhar para a piscina. Lucas esperou um pouco, mas como Stefany não

parava de olhar para a piscina, tentou puxar assunto mais uma vez:
- Tá bem quente, né?!
- É! Verão sempre faz muito calor no Brasil. Você deve ter se acostumado a um clima bem diferente nos Estados Unidos!
- É diferente, mas lá também faz calor. A diferença é que aqui, além do sol, também tem o calor humano. – Lucas piscou novamente para Stefany. Nesse momento, Stefany já estava se perguntando se ele realmente estava piscando para ela ou se ele tinha uma espécie de tique nervoso que o fazia piscar os olhos no final das frases. Para Stefany, o papo já tinha acabado.
- Entendo. Bem, eu...
- Você está de biquíni? – Lucas perguntou, interrompendo bem na hora em que Stefany ia se despedir.
- Humm? Não entendi! – Stefany respondeu confusa.
- Eu perguntei se você está usando biquíni agora. Por baixo da roupa. – Lucas acrescentou ao perceber que Stefany ainda estava assustada com a pergunta.
- Ahhh, não! – Stefany respondeu aliviada. Como ele fez essa pergunta do nada, ela não entendeu de primeira que era a isso que ele se referia.
- Poxa, que pena. Ia te convidar para se jogar na água comigo. Assim a gente esfriava. Mas podemos marcar pra outro dia! – Lucas acrescentou rapidamente a fim de deixar bem claro que queria ir a piscina com ela.
- Ah, tá. Outro dia a gente marca. – Stefany sorriu, mas por dentro ela só pensava que esse dia, com certeza, não chegaria nunca!
- O meu motorista pode te pegar amanhã, então, às dez? E acrescentou ao ver a cara de espanto de Stefany – É que eu gosto de acordar tarde, mas se preferir mais cedo eu coloco o despertador só por você! – E Lucas piscou o olho de novo!
Dessa vez Stefany não teve dúvidas: Lucas era maluco e tinha um tique nervoso que o fazia piscar os olhos o tempo todo! Não era possível que ele estivesse dando em cima dela! O primeiro ponto

que passou na cabeça de Stefany era o dinheiro de Lucas. Ele era muito rico e podia ficar com a menina que quisesse, por que ele se interessaria justamente por ela? Segundo, ele já começou com aquele papo desde o momento em que se sentou ao lado dela, e ele não poderia estar dando em cima de uma menina com quem ele não tinha trocado nenhuma palavra, nem sequer terem sido apresentados! Por último, ele não podia estar piscando para ela depois daquelas frases, achando que, caso fosse uma paquera, iria conseguir alguma coisa! Definitivamente Stefany não aguentaria mais o papo, muito menos mais uma piscada!

- Infelizmente amanhã não vai dar! Na verdade, eu tenho compromisso essa semana inteira! – Se levantando e já preparada para andar, ela se despediu: - Foi um prazer te conhecer, mas eu tenho que ir. Meu pai já deve estar querendo ir embora. Tchau.

Lucas se levantou e fez menção de se levantar para ir atrás dela, mas teve uma ideia brilhante. Quando ele estava conversando com uns amigos, ele se encantou pela aparência de Stefany. Lucas nunca gostou das magricelas, mas também não queria ficar com ninguém que estivesse perto de estar acima do peso, Stefany era o ideal: magra, mas com carne para apertar e curvas para ver. Ele largou os amigos na mesma hora e foi confiante. Aquela menina estava na festa dele, na casa dele, sabia que ele tinha muito dinheiro, nenhuma garota em sã consciência, especialmente no mundo materialista de hoje, negaria a paquera dele. Mas aquela menina era diferente, e ele percebeu isso desde a primeira palavra. E quando Lucas colocava algo na cabeça, ele só desistia depois de conseguir e de enjoar depois de um tempo. Essa garota ia ser dele. E ele já sabia exatamente como. Por isso, só disse:

- Tchau.

Lucas se virou e foi para o lado contrário, para a mesa onde o seu pai, Dan, estava sentado conversando com pessoas do trabalho, pessoas essas que incluíam um certo homem chamado João.

- Olá! – Lucas chegou com um sorriso aberto. Uma das primeiras lições que seu pai tinha ensinado, é que ele deveria chegar sorrindo e confiante quando quisesse conquistar uma coisa. – Voltei para ficar mais um pouco com vocês!

- Sente-se aqui. – João levantou da cadeira e a ofereceu a Lucas. Pelo pouco tempo que Lucas tinha conversado com João, ele já esperava que algo bem parecido acontecesse. A filha podia não demonstrar que ligava tanto para o dinheiro, mas o pai deixava estampado na cara. E era assim que ele iria conquistar seu novo troféu. – Já estava me despedindo. Já vou embora.

- Já?! Que pena! – Luca sorriu com vontade, afinal, ele não poderia ter chegado em momento melhor. Assim que se aproximou de João, de uma forma que só os dois pudessem ouvir, Lucas falou: - Acabei de conhecer sua filha!

- Qual filha? – João perguntou assustado.

- Stefany.

- Ah sim. É que eu tenho duas filhas. – João acrescentou ao perceber a confusão que tinha criado com aquela pergunta. – Ela é um amor!

- Concordo com o senhor! Nós gostamos muito de conversar um com o outro! Seria muito bom se você trouxesse a sua família amanhã para curtirmos uma piscina juntos, por volta das dez horas.

- Nossa, nós ficaríamos honrados com o convite! Mas tenho receio de atrapalhar! Já estamos aqui hoje, ainda voltaríamos amanhã?! – João não conseguia conter a felicidade.

- Não se preocupe com isso! Meu pai não verá problema algum. Só peço uma condição.

- O que você quiser! – João se aproximou para que não entendesse uma vírgula errada da condição!

- A Stefany ficou muito feliz de conversar comigo e nós ficamos de marcar um dia para poder conversar mais, mas eu vi que ela ficou muito ansiosa para que esse dia fosse logo! Então eu peço que você mantenha isso em segredo. Gostaria muito que fosse uma surpresa para ela!

- Sem problemas, amanhã estaremos aqui! – E se despedindo de Lucas, Dan e todos que estavam no caminho, João voltou para casa sem contar para ninguém que passeio fariam no dia seguinte.

CAPÍTULO 3

João preferiu não comentar nada para ninguém sobre o passeio do dia seguinte. Tudo tinha que dar certo! Tinha sido ótimo poder conversar um pouco com Dan fora da empresa, mas da forma como foi, não foi o ideal. Muita gente aparecia o tempo todo, pessoas que ele sabia que só foram para puxar o saco do chefe, e Dan não queria falar sobre trabalho naquele momento, apenas curtir a chegada do filho. João tinha certeza de que ficando sozinho com Dan no dia seguinte, conseguiria conversar mais abertamente sobre trabalho e ter uma ideia do que ele esperava que fosse apresentado como novidade. Era essa a chance que João precisava para finalmente conseguir realizar o sonho de subir na empresa e ocupar um dos cargos da diretoria. Dessa forma, tudo o que João comentou foi que sairiam no dia seguinte por volta das nove e meia da manhã e que todos deveriam estar com trajes de praia e com uma roupa arrumada. Todas ficaram confusas, mas não questionaram e foram dormir imaginando o que as esperava no dia seguinte, e só suspeitaram quando João já estava entrando na rua onde ficava a mansão do patrão:

- João, pra onde você está indo? Que eu me lembre esse foi o caminho que fizemos ontem para o almoço na casa do Sr. Dan. – Conforme Ana terminava a frase, João já havia parado o carro, já tinha dado o nome para o segurança e os portões já estavam abrindo depois da liberação.

- Isso mesmo! Agora eu posso contar pra vocês: SURPRESA! – João abriu um sorriso enorme e olhou para a esposa cheio de alegria. Ela ainda não tinha conseguido entender que tipo de surpresa era aquela.

- João, será que você pode explicar o que está acontecendo? – Ana foi firme.

- Simples. Nós fomos convidados para vir tomar um banho de piscina hoje aqui.

- E você recebe esse convite e não fala nada pra ninguém? – Ana percebia que tinha algum detalhe que João não estava contando.

- Não contei, pois era pra ser uma surpresa. – O marido respondeu como se aquilo fosse uma surpresa boba, como se fosse a mesma coisa do que se ele estivesse estacionando em uma praia, parque aquático ou cachoeira.

- O que você está escondendo? – Ana já tinha tirado o cinto de segurança e, como o carro já estava estacionado, virou-se para encarar o marido.

- Eu não estou escondendo nada! – João respondeu se defendendo. – Ontem, quando eu já estava me despedindo, o Lucas me cumprimentou e comentou que tinha conversado com a Stefany e que os dois tinham feito uma amizade e que gostariam de se encontrar de novo pra conversar mais. Então, ele fez o convite para virmos aqui hoje pra que todos nós pudéssemos aproveitar a piscina e eles dois pudessem conversar um pouco mais! – Conforme João foi se explicando, Stefany foi arregalando os olhos cada vez mais. Não foi à toa, que assim que João parou de falar, a primeira pessoa a falar, em um tom levemente descontrolado, foi ela.

- O quê? Aquele garoto está maluco? – Stefany não acreditava que uma pessoa pudesse mentir tão descaradamente. – Eu conversei com ele sim, e o motivo por nós termos parado de conversar, foi porque eu não aguentava mais ouvir as baboseiras que ele falava! O Lucas é completamente maluco! Fala um monte de coisa sem sentindo, não tem assunto para puxar papo com as pessoas e é totalmente estranho! Eu não quero conversar com ele de novo!

- Como assim, não quer conversar com ele de novo? – João olhou para a filha caçula muito sério. – O rapaz foi muito educado em nos convidar pra vir aqui! Você não pode falar dele desse jeito e vai tratá-lo muito bem. – Era uma das primeiras vezes que João era tão duro com Stefany.

- Eu não estou destratando ninguém, pai! Só estou dizendo que isso é mentira! Eu não gostei de conversar com ele! Não sei porque ele mentiu assim. – Stefany não conseguia entender o que levou Lucas a falar que eles queriam conversar mais.

- Talvez tenha sido isso. Ele pode ter percebido que se enrolou um pouco e quis uma nova chance pra conversar melhor com você e desfazer a má impressão da primeira conversa. Agora vamos sair do carro, pois está estranho o carro já ter parado e ninguém ter saído ainda e vamos tratar todos da melhor forma possível!

João foi abriu a porta do carro e saiu antes que Ana pudesse repreendê-lo mais uma vez por não ter dito especificamente onde iriam e que Stefany voltasse a falar mal do filho do chefe. Para o cargo que João gostaria de assumir, ele precisava que todos se dessem bem. Uma briguinha infantil de Lucas e Stefany só poderia atrapalhar os seus planos. Quanto antes essa má impressão acabasse e os dois virassem grandes amigos, muito melhor para as ambições de João.

Assim que chegaram à piscina, já tinha uma mesa pronta com café da manhã. Muitos tipos de frutas, diversos pães, geleias, queijo, café, sucos, tudo o que podia se esperar de um típico café da manhã de hotel! Enquanto eles se encaminhavam para a mesa, Lucas foi chegando pela direção contrária, usando apenas a sunga de banho. Na mesma hora, Julia se aproximou de Stefany e falou baixo, para que só ela pudesse ouvir:

- Nojentinho, mas até que é gatinho.

- O que o seu namorado acharia se ouvisse você dizendo isso? – Julia nunca tinha apresentado nenhum namorado para a família, mas as vezes Stefany ouvia Julia falando ao telefone ou através do computador de uma forma bem carinhosa, e só podia ser com um garoto! Stefany não falava para implicar, mas esperava que depois de muitas tentativas a irmã se abrisse e compartilhasse pelo menos isso com a família.

- Que bom rever vocês tão rápido! Por favor, vamos nos sentar! – Lucas apertou a mão de João, apontou para a mesa para que João fosse se encaminhando e cumprimentou, Ana, Julia e, por último, Stefany.

- Gostou da surpresa? – Lucas perguntou enquanto se inclinava para dar dois beijos na bochecha de Stefany.

- Realmente foi uma surpresa, eu só não entendi ainda o porquê dela! – Stefany deu um sorriso, pois percebeu que o pai, apesar de já estar sentado, não tirava os olhos deles a fim de garantir que ela não o trataria mal.

- Tem certeza de que você não sabe? Não ficamos de marcar a piscina para um dia já que hoje você tinha compromisso? – Lucas olhou de um jeito diferente para Stefany, e ela não gostou nada do que sentiu com esse olhar.

- Exatamente. Hoje eu tinha compromisso. Compromisso que teve que ser desmarcado porque meu pai obrigou todas nós a se vestir com roupa de praia para uma surpresa que ele estava aprontando. – Falando isso, Stefany acenou com a cabeça para Lucas, da mesma forma como as mulheres de antigamente faziam quando se despediam de alguém, virou-se e caminhou em direção a mesa. Neste momento, Lucas deu um sorriso. Ele já sabia que não seria fácil namorar com ela.

O resto do dia, para as três mulheres da família Silva foi um saco! As horas passavam, mas João não parecia querer ir embora. Assim que eles começaram a tomar café, ou melhor, enrolaram já que tinham tomado café antes de sair de casa, os pais de Lucas vieram se juntar e não demorou muito para João e Dan se afastarem para conversar sobre trabalho. Ana e Marcia, esposa de Dan, rapidamente engataram uma conversa sobre o mundo feminino e também se afastaram. Nesse momento, Lucas se aproximou das duas irmãs e convidou-as para cair na água. Julia aceitou o convite prontamente, tirou a roupa que estava por cima do biquíni ali mesmo e se jogou na água. Quando Lucas olhou para Stefany e disse que agora só faltava ela, Stefany fez algo que dificilmente fazia: mentiu.

- Estou sem biquíni.

- Não acredito! – Lucas puxou uma cadeira e sentou-se bem de frente para Stefany. – Você mente muito mal sabia? Já se esqueceu que você me falou quando chegou que o seu pai pediu para vocês colocarem o biquíni?

- Você entende bastante de mentiras, né, Lucas? – Stefany não suportava mais esse garoto mimado.

- Pela primeira vez eu tenho que concordar com você! Mentira é comigo mesmo! – Lucas se recostou na cadeira e continuou falando orgulhosamente sobre seus pontos negativos. – Você acha mesmo que fiquei esse tempo todo estudando lá fora? Não tava nem aí pro curso que meu pai me inscreveu. Era um saco aquilo lá! Mas o lugar era muito bom. Então eu pagava para os colegas fazerem todos os trabalhos pra mim, dava as caras quando precisava e ia aproveitando bastante as cidades! Mas, então! – Lucas inclinou novamente o corpo para frente e ficou bem próximo a Stefany. – Cai na água comigo que te conto mais das minhas andanças e rebeldias. Tenho certeza de que você vai se apaixonar! – E, Lucas, pela primeira vez naquele dia, piscou o olho para ela.

- Você realmente acha graça no que você acabou de dizer? Não se sente nem um pouco culpado por mentir pros seus pais? Não sente vergonha por agir dessa forma? – Stefany estava perplexa com tudo o que tinha acabado de ouvir, e pior, com o modo como Lucas tinha dito.

- Culpado? – Lucas olhou espantado para ela. – Culpado por aproveitar a vida? Eu tenho dinheiro, esse dinheiro que meu pai "investiu" – Lucas fez o sinal de aspas no ar quando disse a última palavra – não faz falta pra ninguém aqui em casa! Qual é o problema?

- Realmente. – Stefany se levantou, pois não aguentaria ficar mais um segundo próximo dele. – Para uma pessoa que pensa assim, os valores são bem diferentes. – Lucas balançou a mão.

- Vai cair na água, então? – Lucas também se levantou.

- Eu já disse que estou sem biquíni. – Falando isso Stefany se afastou e sentou junto a mãe. Qualquer assunto que as duas estivessem conversando, seria melhor do que continuar a ouvir aquele garoto mimado. E ela tinha certeza de que Lucas não se atreveria a falar aquilo tudo na frente da mãe.

As horas foram passando e Lucas não se aproximou de Stefany, que teve que inventar a desculpa de que, por questões femininas, não poderia entrar na piscina. Por algumas vezes, Stefany percebeu que Lucas a olhava, em algumas, ele tentava chamar a atenção para que ela se aproximasse, em outras ela percebia que ele não estava gostando nem um pouco de ser contrariado. O dinheiro podia ter dado tudo o que Lucas sempre quis, mas Stefany tinha princípios, e ela não ia fingir se encantar por um menino só por causa do dinheiro dele. Talvez ela fosse a primeira coisa que Lucas não iria conseguir, independente do dinheiro que a família tinha. Stefany só não imaginava o que ainda estava para acontecer.

Finalmente, por volta das cinco horas, Ana conseguiu convencer João a ir embora. Todos se despediram, e não teve como Stefany fugir de Lucas:

- Você pode ter fugido de mim hoje. Ponto pra você. Mas não vá achando que dá próxima vai ser assim de novo. Na próxima você não me escapa!

- Garoto, por que você cismou comigo, hein? – Stefany foi direta ao ponto.

- Porque sim. – Lucas piscou o olho e foi embora.

Chegando em casa, Stefany correu para o quarto para tirar logo o biquíni que estava por baixo da roupa, ninguém podia descobrir que ela havia mentido!

- Finalmente a santinha mentiu pela primeira vez. Aquele Lucas é um saco mesmo. Fica tranquila que não vou contar nada. – Julia fechou a porta do quarto de Stefany. Pela primeira vez Julia agiu como uma verdadeira irmã.

CAPÍTULO 4

Passaram-se três dias e chegou o último fim de semana das férias. Em três dias, Stefany voltaria à universidade para cursar o último período da faculdade, então ela queria aproveitar ao máximo, pois sabia que seria difícil arranjar tempo para encontrar os amigos, em especial um deles.

Stefany tinha um grupinho de colegas no prédio onde morava: Amanda, Natália e Fábio. Amanda era mais velha e já trabalhava como Enfermeira, Natália era mais nova e estava fazendo curso pré-vestibular para passar para Medicina e Fábio era formado em Educação Física e trabalhava em algumas academias e como Personal Trainer, sempre reservando parte das horas do seu dia para jogar praticamente todos os tipos de esporte. As duas meninas eram relativamente tímidas, assim como Stefany, mas Fábio, se dava bem com todo mundo! Quem ele não conhecia ainda e aparecia na frente dele, em menos de meia hora já estava conversando e fazendo amizade. Foi graças a essa facilidade de fazer amigos, que o grupinho do prédio aumentou um pouco. Sempre que possível eles marcavam encontros durante os finais de semana para ir a boate, pizzaria, barzinho, e, o que não podia faltar, se reunir em frente a uma televisão para ver esporte!

O que estava tirando o sono e a concentração de Stefany, era Ricardo, um dos amigos trazidos por Fábio. Ricardo tinha vinte e três anos, tinha acabado de se formar em Engenharia e morava a cinco quadras de Stefany. Desde a primeira vez que Ricardo foi convidado por Fábio, ele quase nunca faltou a nenhum outro encontro e, a cada encontro, Stefany se sentia mais interessada em conhecê-lo melhor. Ele era praticamente da mesma altura dela, não costumava malhar, mas estava no peso ideal, e esse era exatamente o tipo de cara que atraía a atenção de Stefany, pois ela não gostava muito dos abraços dos caras muito musculosos que não eram tão macios e aconchegantes. Só que Stefany era tímida e nunca sabia como demonstrar que estava a fim de uma pessoa. Depois de muitos encontros que sentou próximo a Ricardo sem poder conversar apenas com ele, Stefany decidiu que daquela vez tentaria dar um sinal, qualquer coisa que pudesse chamar a atenção de Ricardo para a existência dela! Pensando nisso, Stefany se produziu toda! Escolheu um conjunto verde escuro de saia e blusa, calçou uma sandália com um salto de dois centímetros, para não parecer muito mais alta que ele e gastou um bom tempo fazendo uma escova no cabelo e se maquiando um pouco. Na hora em que Natália tocou a campainha para descerem juntas e encontrarem com a Amanda e o Fábio na portaria, Stefany estava acabando de retocar o batom. Assim que ela abriu a porta de casa e saiu, Natália falou:

- Uau! Se produziu bem mais hoje, hein?

- Tá feio? – Stefany ficou preocupada que toda a produção causasse efeito contrário. Ela queria que Ricardo prestasse atenção nela, mas não queria que ele percebesse que ela estava dando tanto mole assim para ele.

- Claro que não! Você está linda! Só achei que hoje você se produziu um pouquinho mais... Mas tá ótimo! Quer comemorar bem o fim das férias, né?

- É isso aí! Quero comemorar bastante!

Logo os quatro estavam chegando a um barzinho que ficava a duas quadras do prédio deles, que era o preferido dos homens para assistir às lutas, e como naquele dia teria luta, era lá que o encontro teria que acontecer. Como foram os primeiros a chegar, Fábio escolheu uma mesa bem próxima ao telão para garantir que ninguém atrapalhasse ficando na frente deles, e logo pediram algumas bebidas para esperar o resto do grupo. Mal o garçom terminou de servir e Stefany ouviu a voz de quem tanto esperava:

- Boa noite! – Ricardo falou enquanto apertava a mão de Fábio. Depois, desejou o mesmo para cada uma das três, dando um beijinho em cada uma. E assim que fez o mesmo com Stefany, Ricardo puxou a cadeira ao lado dela e se sentou. Nesse momento, Stefany realmente não sabia se teria forças de pensar em algo com ele tão próximo a ela.

Após um tempo, quando todos já haviam chegado, eles decidiram pedir os petiscos. Normalmente, duas pessoas dividiam o mesmo pedido, pois era muito para apenas uma pessoa comer. Stefany logo perguntou a Natália que estava ao seu lado se ela aceitava dividir um frango a passarinho com uma porção de batatas fritas, mas Natália já tinha combinado de dividir o prato com Amanda. Como Fábio sempre pedia um sanduíche, Stefany já estava procurando um prato individual, quando Ricardo se aproximou dela e disse:

- Se você não se importar, a gente podia dividir o frango a passarinho com batata frita.

- Ah... – Stefany estava com as mãos suadas. Apesar de ser apenas uma simples divisão de comida, ela tinha ficado nervosa por Ricardo ter se oferecido a dividir o prato com ela. – Se você quiser, tá ótimo!

- Fechado então. – Ele fez o sinal para o garçom que estava terminando de anotar na comanda individual o pedido de Fábio e, quando o garçom se aproximou, ele deu a comanda dele para anotar o pedido. Assim que o garçom foi embora, Stefany falou:

- Depois não esquece para a gente poder dividir.

- Fica tranquila.

Ficar tranquila era exatamente o que Stefany estava precisando. Ela ainda não tinha feito absolutamente nada nas três horas que eles já estavam ali. As lutas preliminares já estavam quase terminando, e ela sabia, que quando começassem as lutas principais, ela não teria mais chance de falar com Ricardo. Os caras ficavam realmente vidrados nessa hora e praticamente esqueciam que elas estavam ali com eles na mesma mesa. Só que Stefany não conseguia pensar no que fazer, pois a todo momento a perna de Ricardo encostava na perna dela. Por alguns momentos eles chegaram a ficar alguns minutos com os joelhos encostados, joelho com joelho, pois ela estava de saia e ele de bermuda, e esse toque, mesmo que pelos joelhos, estava mexendo com todo o funcionamento cerebral dela. E Stefany passou tanto tempo pensando nos joelhos se encostando, que antes que ela pudesse puxar um assunto com Ricardo a comida chegou e todos começaram a comer. Stefany chegou a olhar algumas vezes para Ricardo e em uma delas ele riu para ela e comentou que a comida estava muito gostosa, mas apesar disso ela não via ele demonstrar que sentia algo a mais. Ela estava pensando em desencanar quando esticou o braço para pegar um pouco de batata ao mesmo tempo em que ele também estava esticando o braço para pegar mais um frango. Só que a batata estava na frente dele e o frango na frente dela, quando os braços se encostaram um olhou para o outro. Nenhum deles parecia querer mover o braço dali e nenhum deles pegou o que queria, eles só ficaram se olhando fixamente por alguns segundos até Stefany voltar com o braço para próximo a seu corpo. Ricardo pegou um frango, colocou em seu prato e estendeu a travessa de batatas para Stefany.

- Toma.
- Obrigada! – Stefany sorriu, mas sentiu que seus lábios tremeram. Ela sabia que sentia algo diferente por ele, mas não imaginava que era tão forte assim. Ela colocou a travessa de volta ao lugar onde estava e continuou comendo enquanto olhava o telão. Ela não estava a fim de ver a luta, ela só não queria encontrar o olhar de Ricardo mais uma vez, e o telão estava no lado oposto a ele.

Após um tempo, todos já haviam terminado de comer, todos os homens estavam olhando fixamente para a luta e Amanda e Natália estavam entretidas em uma conversa sobre a área médica. Stefany estava se sentindo deslocada na conversa, pois estudava em uma área completamente diferente, mas ela também não queria se passar por desagradável e sair antes de todos, então ela pegou um palito e começou a brincar. Como a toalha era de papel, ela desenhou um jogo da velha e fez um "x" no centro do jogo. Enquanto ela pensava onde ia colocar uma bolinha, ela viu um palito desenhando uma bola no canto superior direito do jogo da velha. Quando ela olhou para o dono daquela mão, Ricardo falou:

- Se importa se eu jogar com você? Acho que não tem muita graça brincar de jogo da velha sozinha.

- Claro que não me importo! – Stefany sorriu e fez um "x" no canto superior esquerdo do jogo.

No final do jogo deu velha e Stefany disse:
- Segunda vez que você me ajudou hoje.
- Espero estar perto pra ajudar em todas as outras que precisar.

Os dois se olharam. Uma troca intensa de olhares em que ambos tentavam descobrir o que o outro estava sentindo. Stefany sabia que queria conhecê-lo melhor desde a primeira vez que o viu. Ricardo sabia que não conseguia achar uma forma de ficar sozinho com Stefany para dizer a ela que gostava muito do jeito dela e que queria convidá-la para os dois saírem juntos para se conhecer melhor. O que nenhum dos dois sabia era o que o outro estava pensando, o que eles não tinham percebido ainda era que ambos queriam a mesma coisa desde o início. A sorte foi que Ricardo resolveu tomar uma atitude.

- Tá calor aqui. Você topa ir lá fora um pouco pra refrescar?

-Tá. – Stefany queria ter respondido "Claro", mas ela não esperava isso e ficou sem saber como agir. Também tinha medo de que ele pudesse achar que ela estava sendo muito oferecida, então preferiu falar o que pensou primeiro.

Todos estavam tão entretidos, que nem perceberam quando os dois levantaram e foram para a calçada. Assim que eles chegaram próximo a uma árvore, Stefany se virou para ficar de frente para Ricardo.

- Ainda não tinha tido a oportunidade de te falar... Você tá linda hoje!

- Obrigada! – Stefany deu um sorriso sem graça, mas conseguiu se conter para não ficar vermelha.

- A gente nunca conseguiu ficar sozinho assim para poder conversar melhor. – Ricardo se aproximou um pouco mais de Stefany e ela sentiu que o frio na barriga estava aumentando. – Eu gosto muito do seu jeito. Acho que a gente se daria muito bem se pudéssemos nos encontrar mais vezes pra conversar... só nós dois... – Ricardo não se aproximou mais, mas fez questão de alterar o tom de voz para deixar claro que ele queria um encontro só deles dois.

- A gente pode combinar. – Stefany falou sem graça, mas com a voz firme. – Eu também gosto do seu jeito.

- O que você gosta de fazer? – Ricardo falou no seu tom de voz normal. Até então ele estava falando um pouco mais baixo, de forma que só ela poderia ouvir.

- Ah! – Stefany também voltou a falar no seu tom de voz normal, não tinha mais necessidade de ficar sem graça. – Gosto praticamente de tudo! Ir ao cinema, teatro, shows, barzinho com os amigos e ficar em casa vendo filmes e televisão!

- Que bom! Tem bastante opção pra gente sair então! Você tem algum compromisso amanhã?

- Amanhã? – Stefany perguntou assustada.

- Isso. Amanhã!

- Não.

- Ótimo. Topa sair amanhã comigo? - Ricardo estava falando sério, mas Stefany não podia acreditar que aquilo era verdade! Nenhum cara chama uma mulher para sair no dia seguinte! Ela sabia que, na verdade, aquela conversa que eles estavam tendo não era um encontro, afinal, eles estavam com vários amigos na mesma mesa, mas quando o cara diz que vai chamar uma mulher para sair, raramente é com esse curtíssimo espaço de tempo.

- Sim. Pra onde? – Stefany tinha decidido que ia demonstrar que estava a fim dele, e essa era a chance!

- Não sei ainda. A gente vê. Eu te ligo amanhã e a gente conversa. Pode ser?

- Claro! – Stefany não gostou muito da resposta. Para ela isso era uma desculpa. Ele ia dizer que ia ligar no dia seguinte e no final das contas só ia ligar uma semana depois ou nem isso! Só que não tinha nada a ser feito, a não ser esperar.

- É melhor a gente voltar lá pra dentro. Daqui a pouco vão achar que fomos embora sem nem se despedir! – Falando isso ele fez sinal para que ela entrasse na sua frente e os dois se sentaram em seus lugares.

Assim que Stefany se sentou, Amanda piscou o olho para ela e deu um sorriso que deixou bem claro que depois ela ia querer saber tudo o que tinha rolado. Stefany balançou discretamente a cabeça negando qualquer situação que ela tenha imaginado! Era melhor ela avisar desde o início, do que deixar que ela use a imaginação para começar a achar um monte de coisas, e quando Stefany contasse a verdade ela acabaria achando que era mentira.

Não demorou muito para a luta acabar e eles pediram a conta, pois todos já estavam começando a ficar com muito sono. Quando o garçom entregou a comanda para Ricardo, ele logo deu seu cartão. Stefany o chamou e falou que precisavam dividir o valor, mas Ricardo não deixou, apesar da insistência de Stefany, que só parou de falar, quando todos na mesa já tinham reparado que estava acontecendo algo com relação ao fechamento da conta e queriam saber o que era. Tudo o que Stefany não queria era que soubessem que Ricardo estava pagando tudo! Ela conhecia muito bem o jeito deles, e eles iam começar a pegar no pé e a dizer que os dois estavam saindo, e isso era a última coisa que poderia acontecer! Sendo assim ela pagou apenas a bebida e se aproximou de Natália e Fábio para voltarem para casa, pois Amanda ia dormir na casa do namorado.

Quando Ricardo se despediu deles, deixou Stefany por último e, na hora em que deu o beijo em sua bochecha, disse:

- Amanhã te ligo.

Stefany não conseguiu responder nada, da mesma forma que quase não conseguiu dormir pensando se ele realmente ligaria para ela no dia seguinte.

CAPÍTULO 5

Assim que acordou na manhã seguinte, Stefany se certificou de que o celular estava no modo para tocar, levou o celular para o banheiro enquanto tomava banho e escovava os dentes e, depois, deixou o celular em cima da mesa enquanto tomava café da manhã com seus pais.

- Por que o seu celular está em cima da mesa e você toda hora olha pra ele? - João estava estranhando o comportamento de sua filha, já que ela nunca levava o celular para a mesa durante as refeições.

- Nada. Só tô olhando. – Respondeu Stefany tentando não dar nenhuma bandeira. Sua sorte é que faltava pouco para terminar o café. Assim que tomou o último gole de seu café com leite, levantou da mesa com o prato e caneca na mão, olhou mais uma vez o celular e foi para a cozinha lavar sua louça. Quando passou pelos pais na sala de jantar, onde eles ainda estavam terminando o café da manhã, Stefany disse:

- Tenho umas coisas pra arrumar no meu quarto pra a volta às aulas. Vou fazer isso logo. – Stefany olhou mais uma vez o celular e foi em direção ao seu quarto.

- Ela não tá olhando demais esse celular hoje? – João perguntou para a esposa.

- Ah, João! Qual o problema? Ela deve estar esperando alguma ligação ou vendo alguma coisa na internet! Não é nada demais! – Ana respondeu rindo. Ela sabia que tinha alguma coisa nas atitudes de Stefany e, pelo o que ela conhecia da filha, só poderia ser um garoto.

As horas foram passando, mas o celular de Stefany não tocava. Por várias vezes, ela verificou se não tinha esquecido de colocar para tocar, ou se, sem querer, não tinha colocado o celular para vibrar. Também verificava se o celular estava com sinal, e, às vezes, apontava o celular para a janela para ter a certeza de que não ficaria sem sinal! Em uma das vezes, logo após o almoço, ela até ligou para Natália só para confirmar se o celular estava funcionando.

Stefany estava se culpando por ter acreditado que Ricardo ligaria para ela. O cara não liga no dia seguinte! Todo mundo diz isso! Pensando bem, Stefany não lembra de já ter ouvido alguma amiga comentar que o cara tinha ligado no dia seguinte a saída deles. Nesse momento Stefany entrou ligeiramente em desespero pensando que, na realidade, eles ainda nem tinham tido o primeiro encontro! Eles já haviam se encontrado várias vezes, mas em nenhuma delas um convidou o outro. Era sempre um grupo montado por Fábio! E apenas na noite anterior, Stefany e Ricardo tinham ficado sozinhos pela primeira vez! Estava na cara que o celular não ia tocar, pelo menos não por causa do Ricardo. Para distrair a cabeça, Stefany começou a jogar no computador, e até no jogo que ela sempre ganhava, ela só estava perdendo por falta de concentração! E assim ela ficou por quase uma hora, até o celular começar a tocar.

- Ai, meu Deus! O que eu faço? – Stefany pegou o celular e suas mãos tremiam levemente. – Atendo ou não atendo? – Ela levantou da cadeira e começou a andarem círculos pelo quarto. – Meu Deus do céu! Tô falando sozinha e não atendo o celular! – E sem pensar no que estava fazendo: - Alô.

- Stefany? – Era ele!

- É. – Stefany sentia que suas mãos continuavam a tremer. Ela não sabia explicar o que estava acontecendo. Ricardo não era o primeiro cara que ligava para ela! Ela já até teve um namorado um tempo antes, mas ela não lembra de ter se sentido assim em nenhuma outra vez!

- É o Ricardo. Tudo bem? – Ele não precisava ter se identificado. Assim que ela ouviu aquela voz através do celular dizendo o seu nome, ela já sabia que era ele, não precisava de nenhuma confirmação.

- Oi, Ricardo! Tudo bem, e você? – Stefany estava empolgada, feliz e ansiosa, mas ela já era adulta e não poderia continuar agindo que nem uma adolescente apaixonada. Ela sacudiu a cabeça e se empenhou em tentar ter uma conversa normal.

- Tudo bem também. Então, tô te ligando pra ver se você tá a fim de fazer alguma coisa. Tá ocupada?

- Não... No momento não tô muito ocupada não... – Stefany não queria se fazer de difícil, mas também não queria que ele percebesse que ela estava esperando pela ligação dele e que, se não fosse por ele chamá-la para algo, ela ficaria em casa sem fazer nada!

- Bem, a gente podia ir ao shopping. Lá a gente podia ver se tem um filme pra gente ver. O que você acha?

- Pode ser. Combinado. – Stefany começou a dar pulinhos de felicidade e ansiedade.

-Bem, posso passar aí em meia hora então?

- Claro! – Stefany parou de pular e correu para o guarda-roupa. Como um homem pergunta se pode passar em meia hora para levar uma mulher ao cinema?! Ele só podia estar louco! Mas ela também não queria dizer que precisava de mais tempo. Ele iria se achar demais se ela dissesse que precisava de pelo menos uma hora para se arrumar! E ainda era o primeiro encontro deles! Ela nem sabia o que ia acontecer! Não podia dar essa bandeira logo de cara! Ela ainda não sabia como, mas estaria pronta em meia hora!

- Combinado então! Em meia hora passo aí. Quando eu chegar na sua casa eu te ligo pra você descer.

- Combinado!
- Beijos!
- Beijos!

Stefany correu para o banheiro para jogar uma água no corpo e sair com cheirinho de sabonete. A sorte é que, enquanto ela esperava a ligação de Ricardo, ela já tinha dado uma olhada no guarda-roupa e já tinha escolhido umas três possíveis roupas para usar no encontro. Então ela aproveitou o tempo em que estava jogando água no corpo, para mentalizar as três roupas e decidir qual seria a melhor para usar naquela vez. Ao sair do banho, Stefany já tinha escolhido uma opção. Vestiu um vestido azul florido, bem a cara do verão e colocou uma sandália de salto alto. Passou batom, arrumou a bolsa e em vinte e nove minutos cronometrados estava pronta, sentada no sofá da sala.

- Pra onde você vai? – João perguntou a filha.

- Vou sair com um amigo. – Stefany achou melhor falar amigo, afinal, ela ainda não sabia muito bem o que eles eram.

- Que amigo? – João não estava gostando muito do que estava acontecendo.

- Um amigo nosso. Todo mundo conhece ele. – Stefany já estava acostumada a se referir a Fábio, Natália e Amanda como "todo mundo".

- E vai todo mundo junto?

- Não sei. A gente deve se encontrar lá no shopping. Ahh, pai! Para com isso! – Stefany já ia voltar para o quarto para não se estressar, quando o telefone tocou. – Tenho que ir! Beijos!

- Que horas cê volta? – João falou alto, pois Stefany já estava abrindo a porta de casa.

- Não volto tarde. No mesmo horário que costumo voltar quando saio aos sábados. – Stefany fechou a porta e atendeu o telefone. – Desculpa a demora. Já tô descendo. – Desligou o telefone e desceu de escada mesmo para não ter que esperar o elevador.

Quando Stefany abriu a porta da portaria, viu que Ricardo estava com o carro parado a poucos metros da entrada do prédio, e o que mais chamou a atenção dela era a beleza dele. Ela já estava interessada nele a algum tempo, mas nunca tinha se dado conta do quanto o achava atraente. Ou será que ele, assim como ela, também tinha se produzido um pouco mais? O importante é que os dois estavam prontos para fazer tudo dar certo no primeiro encontro deles, e foi para mostrar isso, que Ricardo decidiu ficar esperando por Stefany do lado de fora do carro, encostado na porta do carona. Conforme ela veio vindo em sua direção e chegou mais próximo, ele desencostou e deu alguns passos em direção a ela para cumprimentá-la.

- Oi! – Ricardo encostou a mão esquerda no ombro direito de Stefany e se curvou ligeiramente, já que a diferença de altura entre os dois não era muito grande, e deu um beijo em cada bochecha, achando o perfume de Stefany perfeito.

- Oi! – Stefany tentou esconder o quanto estava se sentindo sem graça. Ela não queria deixar transparecer o frio na barriga que estava sentindo.

- Achei melhor te esperar do lado de fora do carro, pois você podia não saber qual era... – Ricardo foi falando enquanto afastava do rosto de Stefany, mas por alguma razão ele não afastou o corpo. Os dois estavam muito próximos um ao outro, e, apesar de não estarem se encostando, Ricardo podia sentir o perfume e o calor do corpo de Stefany, que, por sua vez, tinha abaixado a cabeça.

- Ah! Obrigada pela gentileza! – Stefany levantou a cabeça e olhou diretamente nos olhos de Ricardo. Seu coração batia acelerado e ela podia sentir o desejo de cada parte do seu corpo de dar meio passo à frente para encostar em Ricardo. Ela achava que ele estava sentindo o mesmo, pois ele também parecia não conseguir se mover dali.

Stefany piscou os olhos e, nesta fração de segundos, seu pensamento foi: "Eu gosto dele!". Ao abrir os olhos, Stefany também abriu um pouco os lábios, sua respiração estava forte, seus batimentos cardíacos cada vez mais rápidos, ela precisava de mais ar do que estava conseguindo inspirar! Ela precisava de algo a mais, alguma coisa tinha que acontecer para eles saírem daquele impasse, e como se Ricardo tivesse lendo os pensamentos dela, ele foi se aproximando novamente, mas dessa vez não era o rosto que estava indo na direção de Stefany, era a boca de Ricardo que estava seguindo para ela e ela, instintivamente, foi seguindo o caminho contrário, para que suas bocas pudessem se tocar mais rapidamente. Os dois percorreram todo o caminho olhando fixamente um nos olhos do outro, mas quando os lábios dos dois estavam prestes a se tocar, ambos fecharam os olhos ao mesmo tempo, ambos queriam aproveitar ao máximo o sentimento que estavam vivenciando. E bastou os lábios entreabertos se tocarem para uma explosão de adrenalina percorrer o corpo dos dois apaixonados. A essa altura os dois já estavam apaixonados, uma paixão que ninguém poderia explicar, apenas sentir. E quando estavam prontos para tornar o toque de seus lábios em um beijo digno de cinema, o escapamento de um carro velho que passava próximo a eles estourou e fez com que o barulho os assustasse e eles se afastassem um do outro. Ricardo olhou para Stefany e sorriu. Ela estava sem graça e, quando percebeu que ele a olhava, ela baixou os olhos, ajeitou o cabelo com a mão esquerda para trás da orelha e voltou a olhar para ele, sorrindo desta vez.

- É melhor a gente ir para poder escolher um filme legal. – Ricardo falou enquanto se aproximou do carro e abriu a porta do carona para Stefany entrar.

- Isso! – Stefany sentou, arrumou o vestido e colocou a bolsa em cima das pernas. Antes que Ricardo entrasse no carro, ela respirou fundo para ter força para superar o beijo que não tinha acontecido. Ainda!

Ao estacionar o carro, Ricardo abriu a porta e pediu que Stefany o esperasse para ele abrir a porta para ela. Conforme ele dava a volta para abrir a porta, ela arregalou os olhos por não acreditar que ainda haviam homens assim no mundo e sacudiu a cabeça quando pensou que tinha sorte por um desses homens ser seu. Ela respirou fundo e pensou que ele ainda não era nada dela! Eles estavam saindo pela primeira vez e, apesar de todo o clima que tinha acabado de acontecer, podia não significar nada para ele! Era melhor deixar as coisas rolarem. Stefany saiu do carro e agradeceu pela gentileza. Para não ficar feio, assim que ela saiu da direção da porta, ela parou para esperar Ricardo fechar o carro e os dois saírem juntos. Só que, ao fechar a porta do carro, Ricardo foi andando em direção a Stefany e os dois ficaram, mais uma vez, muito próximos. Talvez pelo que tinha acabado de acontecer, o choque de adrenalina já estava voltando antes mesmo dos dois se encostarem, mas Stefany não achou que seria legal que o primeiro beijo deles fosse no meio de um estacionamento lotado, depois de terem ficado quase dez minutos procurando por vaga e sendo vigiados por todo motorista que buscava uma vaga e que olhava fixamente para descobrir se eles estavam chegando ou saindo da vaga. Então ela juntou todas as forças e foi andando na frente, devagar, para que Ricardo não achasse que ela estava fugindo dele.

Chegando ao cinema, eles entraram na fila e, enquanto esperavam a vez, foram escolhendo o filme. Acabaram decidindo por um filme de aventura que tinha estreado uma semana antes e que todos estavam falando muito bem. Na hora de pagar, Stefany já estava com a carteira na mão, pois tinha pego sua carteirinha da faculdade para ter a meia-entrada, e foi abrindo carteira para pegar o dinheiro. No mesmo minuto, Ricardo colocou a mão por cima da dela e fez que não com a cabeça.

- Ricardo, deixa eu pagar! Você já pagou a comida ontem, lembra? – Stefany falou sorrindo.

- Não! Eu te convidei, eu vou pagar! – Ricardo já estava recebendo o troco e os ingressos.

- Assim não vale! Então eu vou pagar o lanche! – Stefany estava guardando a carteira de volta na bolsa, mas falou séria, olhando nos olhos de Ricardo.

- Tudo bem. Você paga o lanche então!

Quando se afastaram da bilheteria, Ricardo perguntou se Stefany queria pipoca, mas ela agradeceu e disse que não, então Ricardo falou:

- Faltam vinte minutos pra começar a sessão. Podemos ir pra a fila e esperar abrir a sala. O que você acha?

- Acho melhor.

Os dois foram caminhando lado a lado e conversando sobre a faculdade dela, o trabalho dele e assim ficaram por um tempo enquanto esperavam a sala ser liberada. Em um certo momento, eles ficaram em silêncio e não sabiam o que falar para puxar assunto. Para quebrar o silêncio, a distância e a vontade, Ricardo falou olhando fixamente para Stefany:

- Você está linda!

Stefany, que estava olhando o movimento do cinema, virou para encarar Ricardo e, também, ficou olhando fixamente para ele. O clima tinha voltado e para confirmar isso, Ricardo disse enquanto se aproximava de Stefany:

- A gente tem que terminar de fazer uma coisa que eu nunca deveria ter deixado de completar. – Enquanto Ricardo estava falando, ele foi se aproximando cada vez mais até os braços dele ficarem a uma distância em que podia abraçar Stefany. Neste momento, ele passou o braço direito em volta da cintura dela e a aproximou delicadamente até cada centímetro de seus corpos estarem se encostando, e, ao falar a palavra "completar", ele a beijou. De forma apaixonada. Os dois se beijaram com desejo, com vontade, como se fosse o último dia, o único beijo que eles pudessem dar. Seus lábios dançavam harmoniosamente como se tivessem treinado antes. Eles se encaixavam perfeitamente, como se tivessem sido feitos especialmente para um encaixar no outro. E assim eles ficaram por uns dois minutos, até a sala ser liberada e a fila começar a andar.

CAPÍTULO 6

Stefany chegou em casa sem conseguir parar de sorrir. Seus pais estavam na sala assistindo a um filme, e seu pai perguntou como tinha sido o encontro antes mesmo de ela terminar de trancar a porta. Ela apenas comentou que tinha sido muito bom, que gostaram muito do filme e se despediu, alegando que estava muito cansada e com sono. Enquanto ia para o quarto, ela chegou a ouvir seu pai perguntando a esposa se ela sabia quem era o cara com quem a filha tinha acabado de sair.

Stefany encostou a porta do quarto e começou a pular. O encontro tinha sido maravilhoso! Eles já haviam conversado outras vezes, mas nunca estiveram sozinhos o tempo inteiro, então só naquele momento que ela pode perceber o quanto ele era responsável, simpático, esforçado e, o principal, perfeito para ela! Era muito cedo para dizer que ela o amava, mas ela, com certeza, estava perdidamente apaixonada por ele! E, ao que tudo indicava, esse sentimento parecia ser recíproco.

Ele foi um verdadeiro cavalheiro durante todo o encontro. Ficaram abraçados o filme todo, ele segurou a mão dela quando saíram da sala, ele não a deixou pagar o lanche, como tinha combinado antes, e ele deu um beijo maravilhoso na porta da casa dela, disse que tinha adorado o encontro e combinou de encontrar com ela no dia seguinte. Segundo Ricardo, eles iriam juntos ao bar para assistir ao jogo com o pessoal. Se isso acontecesse de fato, Stefany teria a certeza de que voltaria a cursar o último semestre da faculdade comprometida. Afinal, ele não iria sair com ela na frente dos amigos se não quisesse nada sério! Pensando no encontro, Stefany se arrumou para dormir para não correr o risco de ter nenhuma olheira no segundo encontro.

No dia seguinte, um pouco antes do almoço, Ricardo ligou para Stefany para combinar o horário que ele passaria para irem juntos ao bar. Como ficava próximo a casa dos dois, ele avisou que iria a pé, pois era muito difícil achar vaga para estacionar o carro na rua, já que não tinha estacionamento. Ela concordou e perguntou o que diria para os amigos do prédio, pois eles sempre iam juntos.

- Bem, podemos ir com eles. É até bom porque chega quase todo mundo na mesma hora. Só faço questão de que a gente vá junto.

- Ok! – Stefany falou um pouco sem graça, mas totalmente feliz. – Vou avisar o horário pro pessoal, então! Beijos!

- Beijos!

Na mesma hora Stefany mandou uma mensagem de celular para o grupo e todos concordaram com o horário. Depois disso, ela só precisou esperar que as horas passassem para reencontrar sua paixão, de quem ela já sentia muita saudade de estar perto!

Assim que Natália e Fábio desceram, Stefany já estava na portaria com Ricardo. Os dois estavam sentados em um sofá de dois lugares bem em frente a porta de entrada do prédio e viram a cara de espanto que os dois amigos fizeram. Fábio foi o primeiro a falar:

- Não acredito! Vocês dois tão juntos? – Fábio estava sorrindo surpreso.

- É isso aí! – Ricardo balançou a cabeça. Como ele já estava com o braço em volta da cintura dela, ele apenas a puxou mais para perto e deu um beijo na bochecha, deixando-a ainda mais envergonhada.

- Que lindo! Parabéns! – Natália bateu palmas pelo novo casal. – Há quanto tempo vocês estão juntos?

- A gente saiu ontem pela primeira vez. – Stefany respondeu.

- Finalmente, né? – Fábio falou dando um empurrão nas costas de Ricardo.

- Não entendi! – Stefany não entendeu o porquê do "finalmente".

- Pô, fala sério! Eu sempre percebi que vocês combinavam. E dava pra ver o jeito que um olhava pro outro às vezes. Sei lá, é coisa de homem: um cara sabe quando o outro tá a fim de uma garota. Tomara que vocês se deem bem!

- Com certeza! – Falando isso, Ricardo deu um beijo na boca de Stefany.

- Ê!! – Natália brincou batendo palminhas mais uma vez. – Pena que a Amanda está no plantão hoje e não ficou sabendo da novidade!

- Agora chega! Vamo para de pegação aí que daqui a pouco o jogo começa! – Fábio foi abrindo a portaria e acionando para destravar o portão da grade.

No bar, Ricardo e Stefany não viram nada do jogo. Os dois queriam aproveitar cada minuto que tinham juntos. Stefany já tinha explicado para Ricardo que, por conta do seu último semestre na faculdade, não poderiam sair muito e talvez alguns finais de semana os dois não pudessem se encontrar para que ela pudesse concluir com êxito todas as matérias, terminar o estágio e se formar na faculdade no final do ano. Ricardo a acalmou dizendo que já tinha passado por essa fase e que sabia como o último semestre era importante, desgastante e cheio por conta de todos os trabalhos finais. Os dois estavam em uma sintonia tão grande que não parecia que aquele era apenas o segundo encontro deles. O sentimento que um tinha pelo outro era verdadeiro e tinha crescido ao longo do tempo em que conversavam naquele mesmo bar ou em outros lugares quando ainda eram apenas amigos. Stefany sempre tinha achado que Ricardo tinha uma conversa legal, além de ser bonito. Ele, também sentia-se atraído pela beleza e simpatia dela. Ele não se lembrava de uma única vez que tivesse visto Stefany triste ou chateada. Ela estava sempre sorrindo, brincando e levando a vida da melhor forma possível.

Quando acabou o jogo, todos ficaram conversando um pouco mais, até que Stefany falou para Ricardo que precisava ir embora para deixar tudo arrumado para as aulas no dia seguinte. Os dois pagaram a conta – dessa vez Ricardo deixou que Stefany pagasse a parte dela – e ele a acompanhou até em casa. Chegando ao prédio, Stefany ofereceu a Ricardo para ficarem um pouco na portaria conversando, o que Ricardo aceitou na hora.

- Gostei muito desses dois dias que passamos juntos. – Stefany olhou nos olhos de Ricardo.

- Eu também gostei muito! Foi um dos melhores finais de semana da minha vida. – Ricardo segurou as mãos dela.

- Vou sentir falta dos nossos passeios. Ainda mais sem ter previsão de quando a gente vai se ver de novo.

- Sexta que vem! Já tá marcado! Sexta que vem a gente vai estar junto, nessa mesma portaria, pra matar a saudade da semana inteira!

- Ok. – Stefany sorriu, mas não conseguiu esconder que estava um pouco triste com essa situação.

- Ei,- Ricardo soltou as mãos de Stefany e segurou o rosto dela, fazendo carinho nas duas bochechas. – não quero que você fique triste! Eu gostei de você em primeiro lugar pelo seu sorriso. Quero ver ele! Se der pra gente se ver antes de sexta, pode ter certeza de que vou querer. Nem que sejam apenas dois minutos! Só o tempo de te dar um abraço e um beijo já vai colorir ainda mais a minha semana.

- Tá bem! – Stefany estava sorrindo.

Ela não sabia o que estava acontecendo com ela. Ricardo já chamava sua atenção há um tempo, mas o que ela sentia por ele estava crescendo rápido e forte demais. Ela nunca tinha sentido isso por nenhuma outra pessoa. Ao mesmo tempo que ela sabia que era paixão, ela tinha consciência de que não era passageiro, não era um simples fogo que apagaria com o passar do tempo. Ela podia garantir que, se realmente existia amor à primeira vista, ela estava passando por isso naquele momento. E o maior medo era de que Ricardo não estivesse compartilhando aquela mesma intensidade.

Enquanto Ricardo olhava para Stefany e fazia carinho no rosto dela, ele pensava como poderia estar sentindo aquilo tudo. Ele sempre tinha achado Stefany bonita, simpática e inteligente, mas ele não imaginava que, ao sair com ela apenas duas vezes, o sentimento dele fosse crescer de tal forma. Ricardo não contava para ninguém, mas ele nunca tinha namorado. Quando ele ficava com alguma garota, ele logo percebia que ela não era AQUELA que ele estava procurando para um dia casar e montar uma família. Ele não queria casar ainda, mas ele também não queria perder o tempo dele com alguém que ele já sabia desde o início que não seria a pessoa a quem ele pediria em casamento. Dessa forma, ele nunca pediu ninguém em namoro. Teve alguns relacionamentos sérios, ficou com uma menina que ele conheceu no primeiro semestre da faculdade por quase um ano, mas nunca tinha pedido ninguém em namoro. Isso o estava assustando. Depois daquele segundo encontro, Ricardo estava se segurando para não pedir Stefany em namoro! Ele se perguntava como aquilo era possível. Como era possível alguém saber em apenas dois encontros que tinha encontrado a mulher com quem queria casar, montar uma família e dividir toda a sua vida.

- Eu não queria me despedir, mas eu preciso ir! – Stefany falou balançando a cabeça, demonstrando que estava contrariada por ter que se despedir tão cedo de Ricardo. – Eu tô adorando ficar aqui com você, mas eu tenho uns materiais pra arrumar e ainda preciso arrumar a minha bolsa pra não esquecer nada amanhã.

- Eu sei que se dependesse de você a gente ficaria juntos por mais um tempo. – Ricardo deu um beijo bem demorado nela – Arruma tudo pra arrasar no seu último semestre de faculdade!

- Bem, arrumar tudo eu vou, agora arrasar no último semestre... Aí já não tem como eu prometer nada!

- Vai arrasar, sim! Você é inteligente! Tenho certeza de que vai conseguir se organizar pra arrasar em todas as matérias!

- Com essa certeza toda... Até eu já estou começando a acreditar!

— No que depender da minha torcida, você já está formada. E se precisar de uma ajuda, é só falar! Arquitetura não é a minha área, mas eu dou meu jeito!

— Muito obrigada! Já sei a quem recorrer quando aparecer alguma dúvida! Vou aproveitar!

— Pode aproveitar à vontade! — Ricardo não falou no mesmo tom que estava usando nas brincadeiras.

Stefany o abraçou forte. Ela sabia que a semana seria muito difícil por não poder estar com ele para abraçá-lo e conversar pessoalmente, mas, como ele tinha dito, esse era um detalhe que eles poderiam dar um jeito. Eles moravam perto e alguns minutos durante a semana não atrapalhariam em nada, só ajudariam a dar mais gás para as atividades diárias.

— Vou subir então. Beijos! — Stefany beijou Ricardo e foi de mãos dadas com ele até a porta.

— Ótima semana na faculdade! Durma bem! — Ricardo beijou Stefany mais uma vez e foi embora.

CAPÍTULO 7

Durante a semana os dois não conseguiram se encontrar, mas sexta-feira à noite marcaram um encontro para poderem matar a saudade. Assim que se encontraram trocaram muitos beijos e narraram todos os detalhes de cada dia que ficaram longe um do outro. Ricardo não conseguia desviar o olhar de Stefany. Apesar do pouco tempo juntos, ele já tinha a certeza de que ela era a garota ideal para ele e, por causa disso, ele tomou uma decisão assim que a levou em casa.

- Quer namorar comigo?
- O quê?

Os dois tinham acabado de passar pela portaria e Stefany estava dizendo o quanto tinha gostado do encontro deles e o quanto ainda teriam que se ver para matar a saudade dos outros quatro dias. Ricardo já tinha pensado em pedi-la em namoro por três vezes durante o jantar, mas tinha se segurado por medo de que ela o achasse precipitado demais. Só que quando eles chegaram na portaria do prédio dela, ele sentiu que não poderia perder tempo. Se ele já tinha certeza do que sentia e achava que ela sentia o mesmo, ele deveria tentar. Era melhor se arrepender tentando do que se arrepender pelo resto da vida pensando em como poderia ter sido se tivesse tido coragem na época. Por isso ele foi direto. Eles estavam abraçados, quando Ricardo se afastou, levantou o queixo de Stefany para que ela o encarasse e perguntou diretamente. Foi por isso, também, que ele não ficou surpreso com o choque de Stefany.

- Eu sei que parece muito cedo e que normalmente as pessoas demoram um pouco mais para pedir em namoro, ainda mais nos dias de hoje que namorar é bem mais fácil, mas é que eu gosto de verdade de você e eu quero ter um relacionamento sério com você! Você não saiu da minha cabeça desde a noite em que nós fomos para fora do bar e conversamos um pouco sozinhos e tudo isso ficou ainda mais forte depois do nosso primeiro beijo. Eu não quero errar com você! Eu quero que você saiba que as minhas intenções com você são as melhores.

- É claro que eu quero! – Stefany também tinha certeza do que sentia. Era estranho por ela estar a pouco tempo com ele, mas ela sabia que ele era perfeito para ela. Não tinha porque não tentar. E cada vez que ele se explicava mais, mais ela tinha convicção de que não poderia perder aquela oportunidade. Então, ela colocou seus dedos nos lábios de Ricardo para que ele parasse de falar, disse que aceitava e em seguida pulou em seu colo e deram um beijo.

- Que bom que você aceitou! – Disse Ricardo quando o beijo terminou e Stefany voltou a ficar no chão.

- Você tinha alguma dúvida da minha resposta? – Stefany falou rindo.

- A gente sempre tem medo de que alguma coisa possa dar errado!

Após um tempo juntos, eles se despediram e Stefany foi correndo contar a novidade para seus pais. João logo disse que queria conhecê-lo e pediu para ela levá-lo na casa deles naquele final de semana ainda. Ana, como sempre mais calma, apenas deu os parabéns, disse que estava ansiosa para conhecê-lo e pediu para a filha ser responsável e não fazer nada de que fosse contra seus princípios ou que a fizesse se arrepender depois. Assim que pôde, Stefany correu para seu quarto para trocar mensagens de celular com o seu namorado e, toda hora, ela dizia baixinho "meu namorado" e o seu rosto se estampava com um sorriso cada vez maior.

No dia seguinte, Ricardo foi a casa de Stefany para conhecer os pais dela, pois Julia tinha saído e não chegou a tempo de conhecê-lo. Todos conversaram muito bem e os pais de Stefany ficaram satisfeitos com o namorado que ela tinha arranjado. Depois do encontro familiar, eles foram um pouco ao shopping para encontrar com os amigos e, pela primeira vez juntos, encontraram Amanda, que também estava muito satisfeita com o novo casal. Já no domingo, os dois pombinhos decidiram não sair com os amigos, para poderem aproveitar cada minuto juntos, pois, mais uma vez, seria complicado se encontrarem durante a semana.

Assim o tempo foi passando e eles completaram o primeiro mês de namoro, que acabou sendo uma comemoração tripla: além do primeiro mês, Stefany tinha conseguido finalizar suas horas do estágio obrigatório e teria uma entrevista na semana seguinte. Dan, chefe de seu pai, pediu para ele ver com a filha se ela não estava interessada em fazer uma entrevista para o programa de trainee na empresa dele. João ficou muito interessado na proposta e a aceitou antes mesmo de falar com ela. Como a empresa era grande e os salários muito bons, João já até tinha reservado a entrevista para o primeiro horário de segunda-feira, confiante de que aquela decisão seria a melhor para os primeiros passos de Stefany em sua vida trabalhista. Stefany ficou tão feliz com a notícia que nem se importou por seu pai já ter marcado antes mesmo de falar com ela, afinal, ela sabia que ele só queria o bem dela.

- Uau! Que legal! Parabéns! – Ricardo abraçou a namorada assim que ela terminou de contar a novidade para ele.

- Obrigada!

- Mas a empresa onde seu pai trabalha não é de Engenharia?

- É, mas eles trabalham ligados a várias construtoras, então eles sempre têm um arquiteto por perto. Melhor um deles do que ter que procurar em outras empresas.

- Ah, é! Com certeza! E o seu pai trabalha a pouco tempo lá? – Ricardo perguntou enquanto fazia sinal para o garçom trazer mais um refrigerante.

- Não! Ele já está lá há anos! Ele começou bem de baixo, como um funcionário comum, mas ele é tão bom e persistente que já subiu muitos degraus. Hoje ele é um dos gerentes. É um cargo bem importante.

— Estranho... — Ricardo comentou antes de comer mais um pedaço de pizza.

— O que é estranho? Ele ter começado como um funcionário comum e subir depois?

— Não. — Ricardo bebeu um gole do refrigerante — Estranho o seu pai trabalhar na empresa há anos, ter um cargo importante, se dar bem com o dono da empresa, mas só agora, quando você está prestes a se formar eles terem interesse em te chamar para participar do programa de trainee deles. Quero dizer, seu pai já devia ter mencionado antes que você estudava Arquitetura, não é?

— Claro! Quando eu passei pra a faculdade, ele contava pra todo mundo! Ele costumava dizer que isso era um orgulho pra ele e, por isso, tinha que ser espalhado aos quatro cantos pra todo mundo saber a filha estudiosa e esforçada que ele tinha.

— Viu só! — Ricardo estava sorrindo por causa de mais um exagero de João. Apesar do pouco tempo de convivência, Ricardo já tinha percebido o quanto João exagerava para se mostrar acima de qualquer coisa que fosse comum. — Se o seu pai falou pra todo mundo, por que eles só te chamaram agora?

— Ah, não sei! Vai ver que só agora abriu vaga... - Stefany ficou pensativa.

— Bem, mas isso não importa! O importante é que você vai arrasar na segunda e agora nós vamos comemorar muito o nosso primeiro mês de namoro! — Ricardo se estendeu por cima da mesa para dar um beijo em sua namorada.

— Vamos aproveitar muito, namorado! — Stefany comeu um pedaço de pizza e não pensou mais na entrevista que faria na segunda e nem na razão de só ter sido convidada para uma entrevista naquele momento.

O encontro dos dois naquela sexta-feira foi até o início da madrugada e o final de semana passou voando, não demorou muito e Stefany já estava acordando cedo para se aprontar para a entrevista.

- Boa sorte, filha! – Ana deu um abraço apertado e um beijo na filha. – O que tiver que acontecer, vai acontecer. Não fique nervosa.

- Obrigada, mãe. – Stefany sabia que tinha condições de passar em qualquer entrevista, pois sempre foi muito estudiosa, tinha o domínio dos assuntos e já tinha uma boa experiência do estágio que tinha feito, mas, ainda assim, ela ficou um pouco insegura de que o nervosismo a atrapalhasse e o entrevistador achasse que ela não sabia de nada.

- Vamos logo. Numa entrevista o candidato tem que chegar sempre antes do horário pra mostrar que é responsável e que não vai atrasar se for contratado.

João abriu a porta para a filha passar e os dois seguiram para o escritório da DanEng. A empresa ficava no centro da cidade, em um prédio de vinte andares, sendo sete destes andares, apenas da DanEng. Stefany já tinha visitado o pai no trabalho algumas vezes, mas, talvez, por ser a primeira vez que ela ia com a expectativa de ser uma futura funcionária daquela empresa, ela estava encantada com o tamanho e organização de tudo. Stefany só percebeu que tinham chegado ao sétimo andar quando a porta do elevador começou a abrir e ela escutou "sétimo andar".

- A entrevista vai ser no sétimo andar, pai? – Stefany estava surpresa, pois no sétimo andar só ficava a direção e os gerentes mais importantes. João, apesar de já ter crescido muito na empresa, ainda trabalhava no quinto andar, mas acreditava que muito em breve conseguiria uma promoção para o sexto andar. Stefany sabia também que muitos funcionários que chegavam a ficar um ano na empresa não chegaram nem a subir no sétimo andar.

- Sim. Quando o Sr. Dan ofereceu esta oportunidade a você, ele disse que ele mesmo gostaria de fazer a entrevista.

- Entendi. – Mesmo dizendo que tinha entendido, Stefany continuava achando que tinha alguma coisa estranha nesta entrevista. Na mesma hora ela lembrou da conversa que teve com Ricardo na sexta-feira. – É sempre o Sr. Dan que faz as entrevistas dos trainees, pai?

- Trainees? Claro que não! – João estava rindo tanto que parecia que Stefany tinha acabado de contar uma piada. – O Sr. Dan não sabe nem os nomes dos trainees que trabalham aqui na empresa. Os gerentes são responsáveis por dividir as tarefas e verificar se todos estão trabalhando de acordo com as normas e o perfil da empresa.

- Por que ele vai me entrevistar, então? – Quando percebeu, Stefany já tinha feito a pergunta. Ela estava muito agradecida pelo convite, mas cada vez mais ela podia perceber que algo não estava encaixando corretamente. E falar isso, com certeza, iria deixar o seu pai chateado. Ele sempre foi muito puxa-saco do chefe e ninguém, nem mesmo quando eles estavam em casa jantando e João contava um erro muito grave de Dan, podia falar mal dele.

- Você deveria estar muito agradecida pela oportunidade que ele está te dando e pela honra de ser a única trainee a ser entrevistada por ele. Mas está reclamando de barriga cheia. – João estava sério, mas falava baixo, pois estavam sentados em um sofá na frente da secretária do Sr. Dan.

- Eu sou agradecida! – Stefany começou a se explicar. – É só que...

- Não é nada! – João olhou firme para a filha. – Seja agradecida e ponto final. – Falando isso ele se endireitou no sofá e ficou olhando para a secretária que tinha acabado de atender o telefone.

- Srta. Stefany, por favor, queira me acompanhar.

- Boa sorte. E pare com esses achismos. – João olhou para a filha e foi em direção ao elevador.

Stefany respirou fundo e foi em direção à secretária, que a levou por um corredor de mais ou menos dez metros, o qual tinha várias reportagens emolduradas sobre as maiores obras das quais a empresa havia participado. Chegando a sala, a secretária abriu a porta sem olhar para o lado de dentro e avisou para Stefany entrar. A sala de Dan era enorme. Era tão diferente que ela não sabia para onde olhar. Atrás da mesa do diretor tinha uma janela grande com uma persiana que estava totalmente aberta, mas o que mais chamava a atenção eram as paredes. Não havia um único quadro pendurado, mas a pintura era uma mistura de textura com alguns desenhos que não podiam ser identificados. Stefany estava em transe com tanta beleza e só reparou nos objetos que estavam em cima da mesa quando encostou na cadeira onde iria sentar. Havia apenas um porta-retrato com a foto de toda a família, um bloco tamanho A4 com as folhas timbradas com o selo da empresa, um porta canetas com cinco canetas grandes e um estojo retangular de madeira trabalhada que estava fechado. Foi nesse momento que ela seguiu o olhar para a cadeira do chefe e já estava preparada para pedir desculpas pela distração quando se deu conta de que não havia ninguém sentado na cadeira.

- Muito linda essa sala, né?

Stefany se assustou com a voz que veio por trás dela. Além de não estar esperando por uma surpresa como essas, ela achou a voz jovem demais. Ela não tinha encontrado o chefe de seu pai muitas vezes, mas nos poucos encontros em que ouviu sua voz, ela era bem mais grave e alta do que esta que vinha de algum lugar atrás dela. Recuperando-se do susto, Stefany virou-se para descobrir quem estava falando com ela.

- Você!? – Stefany não se conteve. Seu rosto, que poucos milésimos de segundo antes estava assustado, logo começou a demonstrar desprezo por quem ela estava vendo. Na direção da porta, não era uma parede, mas uma antessala com um sofá de dois lugares virado para o centro do escritório e duas poltronas, cada uma de um lado do sofá e voltadas para ele. Em um dos lugares do sofá, Lucas estava sentado, vestindo um terno cinza escuro, gravata cinza claro, camisa social branca e sapatos e meias pretos.

- Sabia que seria uma surpresa, mas não imaginei que já mexesse tanto assim com você! – Assim que começou a falar, Lucas se levantou e foi andando em direção a Stefany, que permaneceu imóvel. Quando chegou próximo a ela, ele esticou a mão direita e tentou alisar a bochecha esquerda dela.

- Me solta! – Stefany deu dois passos para trás.

- Mas eu não estou te segurando! – Lucas levantou as duas mãos.

- O que tá acontecendo aqui? – Stefany perguntou olhando em direção a porta. – Cadê o seu pai? – Nesse momento ela olhou nos olhos dele.

- Digamos que meu pai teve um problema urgente que precisava ser resolvido justamente na hora da sua entrevista. – Lucas demonstrava o cinismo em cada palavra que dizia. Ele voltou a andar em direção a ela.

- Bem, se não vai ter entrevista, então eu vou embora. – Stefany segurou com força a alça da bolsa tentando não pensar na raiva que estava sentindo e foi caminhando em direção a porta, quando Lucas se colocou em sua frente e segurou com um pouco de força seu braço esquerdo.

- Vai ter entrevista sim. A confusão que eu criei não foi tão grande. Eu só precisava de uns minutos a sós com você.

- Você está me machucando. – Stefany falou por entre os dentes e puxou o seu braço com força, conseguindo se desvencilhar de Lucas.

- Desculpa, nunca foi a minha intenção te machucar. Mas você não me deu outra escolha! Já estava indo em direção a porta e eu não podia deixar que você saísse.

- Como você conseguiu que a secretária me liberasse para entrar com o seu pai estando ausente?

- Simples, eu avisei que meu pai tinha uma entrevista marcada com você e que ele não queria te deixar esperando. Ele me pediu para começar a fazer a entrevista para que você não tivesse uma primeira impressão ruim da empresa.

- E ela acreditou? – Stefany não conteve o ar de deboche na sua pergunta.

- Você realmente acha que uma simples secretária que depende do salário pra viver vai questionar o filho do chefe dela, que, por sinal, é o dono da empresa? – Lucas balançou a cabeça negativamente. – Ai, Stefany! Você é bonita e inteligente, mas ainda tem muito a aprender sobre o mundo dos ricos.

- Se é pra isso, prefiro nunca chegar próximo a esse mundo! – Dando um passo em direção a Lucas, completou com a melhor voz de desprezo que conseguia fazer: - E tenha a certeza de que ser recebida por você é a pior impressão que um funcionário pode ter ao chegar nesta empresa.

- Você pode achar isso hoje, mas não terá esse mesmo pensamento daqui a um tempo. Quando você também for a dona dessa empresa você vai agir exatamente como eu.

- Você ficou maluco?! – Stefany começou a rir. – "Quando for dona dessa empresa" ?! Onde é que você tá com a cabeça?

- Vou deixar tudo bem claro já que você quer bancar a difícil. Meu pai é rico e dono dessa empresa. Com o dinheiro que ele tem, eu faço o que eu quiser e com quem eu escolher! Se você ainda não saiu do seu conto de fadas, sinto te informar que o dinheiro MANDA – Lucas aumentou o tom de voz para falar essa palavra. – no mundo! Você acha mesmo possível nadar contra isso? Acha que pode agir como você quiser, sem se importar com o dinheiro? Tá na hora de acordar! Dinheiro compra casa, comida e roupa! Sem isso ninguém vive. E eu tô te dando a oportunidade de ter tudo isso: do bom e do melhor!

Stefany estava atônita. Ela não conseguia acreditar em tudo o que tinha acabado de ouvir. Lucas acreditava em cada palavra do que disse, ele realmente achava que poderia comprar qualquer pessoa só porque tinha muito dinheiro. Ela não conseguia parar de pensar em como a vida dele devia ser vazia, ser mentirosa. Como uma pessoa poderia viver em paz sabendo que nenhum centavo do que tem foi ela que conquistou? Como ele pode vestir roupas caras, ter um carro importado que foi feito sob encomenda para ele como presente de seu pai pelo seu retorno ao Brasil e comer em restaurantes caríssimos, onde as comidas não chegam nem perto de serem tão apetitosas quanto um belo prato de arroz, feijão, bife e batata frita, e achar, por um momento que seja, que ele tem alguma coisa?

- Eu não posso estar ouvindo isso. – Foi tudo o que Stefany conseguiu dizer, enquanto balançava a cabeça tentando controlar seu desprezo e raiva.

- É o seguinte: meu pai tá a fim de se aposentar e eu tenho que começar a aprender as coisas daqui até ficar craque e ele passar a presidência pra mim. Só que eu preciso ter uma mulher ao meu lado que seja bonita, inteligente, e que possa me ajudar a liderar essa empresa enorme até eu achar alguém competente o suficiente pra poder me liberar do trabalho e eu só aproveitar o dinheiro que vier daqui! Sabe, trabalho não é comigo! Meu pai é rico, vou trabalhar pra quê? E quando eu te vi pela primeira vez, eu te achei muito bonita e logo vi que também era educada e inteligente. Procurei saber um pouco mais de você e me dei conta de que você seria perfeita pra assumir esse papel. É isso! – Apontando para Stefany – Você é a escolhida sortuda! – Assim que disse a palavra "sortuda", Lucas piscou o olho, deixando Stefany ainda mais revoltada.

- Sortuda! – Stefany não iria aguentar mais guardar nada para si, sentia que precisava falar algumas verdades que aquele filhinho de papai mimado já deveria ter ouvido muito tempo antes! – Eu sou sortuda, sim, por ter a índole que tenho, mas não por ter sido A ESCOLHIDA! – Stefany falou num tom de voz mais alto e fez sinal de aspas no ar. – Tudo o que eu sinto por você é pena e nojo, não necessariamente nessa ordem, porque você é tão mesquinho que eu tenho até um pouco de dificuldade de sentir pena! Me diz uma coisa: como você espera se sentir quando tiver uns setenta anos, olhar pra trás e ver que você não tem NADA seu? Que todo o dinheiro que você teve pra comprar uma casa, um carro, pra fazer a sua festa de casamento, criar os seus filhos e viajar bastante, como você pretende fazer, não era seu de verdade, já que você nunca trabalhou e nem lutou por ele? Você realmente acha que vai conseguir ficar bem sabendo que, na verdade, você é um NADA nesse mundo e que ninguém vai lembrar de você, nenhum dos filhos vai poder contar uma história sobre o pai, por que o pai era uma pessoa mesquinha que nunca teve um objetivo concreto na vida e nunca lutou por nada?

Enquanto Stefany falava, Lucas revirava os olhos. Nunca ninguém tinha falado com ele daquele jeito, muito pelo contrário, ele estava acostumado a comprar todo mundo e, cada vez mais, ser rodeado por pessoas compráveis. Não que ele desse o dinheiro em notas para alguém satisfazer as suas vontades. Às vezes, até era assim, mas na grande maioria ele comprava e elas eram compradas nos atos. Quando saía com os "amigos", na hora de pagar a conta, ele dizia "Deixa que eu pago!" e o tom de voz era de quem estava mandando. Ele dizia isso para mostrar que ele tinha dinheiro para pagar o dele e o de quem mais estivesse com ele e, também, para deixar claro que precisavam continuar saindo com ele para poder aproveitar lugares e situações que nunca conseguiriam pagar com o pouco dinheiro que tinham. Só que a verdade era que ele não se importava com nada disso! Desde que ele tivesse todos aos seus pés o bajulando, não tinha problema algum esse interesse financeiro.

- Como eu já disse, tenho dinheiro e compro quem e o que eu quiser. Desde que eu tenha tudo o que eu quero eu fico feliz. E agora, - Lucas foi se aproximando de Stefany – eu quero você.

- Você me dá nojo! – Stefany empurrou Lucas para o lado com o braço e foi caminhando rápido em direção a porta do escritório.

- Você pode não ter aceitado agora, mas eu ainda tenho uma carta na manga. Nem todos ignoram o dinheiro como você! – Lucas aumentou a voz.

- O que está acontecendo? – Quando Stefany estava chegando a porta, ela se abriu e o Sr. Dan entrou no escritório. – Estava ouvindo a sua voz no corredor, Lucas!

- Desculpa, Sr. Dan, mas eu preciso ir embora. – Stefany olhou nos olhos de Dan para tentar não demonstrar a raiva que estava sentindo do filho dele.

- Minha querida Stefany, e a nossa entrevista?

- Desculpa, mas eu pude perceber que não combino com o perfil da empresa. Obrigada mais uma vez pela oportunidade. – Stefany saiu da sala, fechou a porta e andou o mais rápido que pôde para sair logo daquele lugar.

- Você pode me explicar o que está acontecendo? – Sr. Dan foi duro com o filho.

- Você quer que eu arranje uma noiva logo, não é. Então me deixa cuidar disso em paz! Já tô de saco cheio dessa gravata me apertando e alguém no ouvido me enchendo não vai ajudar em nada. – Lucas saiu do escritório batendo a porta.

CAPÍTULO 8

Stefany foi direto para casa. Ainda era difícil acreditar em tudo o que havia acabado de acontecer, então o que ela mais precisava naquele momento era ficar sozinha para tentar organizar as ideias em sua cabeça. Desde a primeira conversa com Lucas, ela já tinha percebido que ele era o tipo de filhinho de papai rico que não tem a mínima noção do mundo, mas após a conversa que os dois tiveram, Stefany percebeu que o problema dele era bem maior, além de ser mimado, ele não tinha caráter algum.

Para a sua sorte, ao chegar em casa, não tinha ninguém. Seus pais estavam no trabalho e sua irmã no curso de Desenho Gráfico, então ela teria tempo suficiente para digerir tudo e contar para seus pais quando eles chegassem. Quanto a Ricardo, Stefany chegou a pegar o celular várias vezes para falar com ele, mas faltou coragem. Ela não sabia como poderia explicar tudo isso por telefone, eles teriam que se encontrar para que ela pudesse explicar tudo o que havia acontecido. Decidida a se acalmar, ela tomou banho e foi para o computador começar sua monografia de final de curso. Ficou tão entretida no trabalho que só se deu conta do horário quando seu pai chegou em casa gritando seu nome. Ela correu para a sala.

- O que foi? – Stefany perguntou preocupada.

- Você ainda tem coragem de me perguntar isso? – João foi ríspido com a filha.

- Será que vocês podem me explicar o que está acontecendo? – Ana estava desesperada, sem entender porque o pai estava falando daquele jeito com a filha.

- Essa ingrata para quem a gente sempre deu tudo fez a maior desfeita que um pai poderia receber! Ela não fez a entrevista com o meu patrão! – João aumentou o tom de voz. – Ela nem sequer começou a fazer a entrevista! Ela simplesmente agradeceu a oportunidade e foi embora! – Virando-se para a filha, ele perguntou: - Você tem noção da quantidade de trabalho que o Sr. Dan tem que fazer todo dia, para você gastar o tempo dele com criancice?

- Continuo sem entender! – Ana balançou a cabeça. – Stefany, seu pai te deixou no escritório, ele me ligou assim que se despediu de você! O que aconteceu para você não fazer a entrevista?

- Foi o Lucas. – Stefany estava atônita, não sabia o que pensar, muito menos o que falar. Seu pai sempre a tinha tratado muito bem e a ouvia quando algum problema acontecia. Ela não conseguia entender o porquê de tanta raiva.

- O que o filho do Sr. Dan tem a ver com isso? – João diminuiu o tom de voz, mas continuava ríspido.

- Ele armou um plano para o pai ficar fora do escritório e estava me esperando lá dentro. Quando a secretária me levou até lá, achei que fosse para encontrar direto com o Sr. Dan, mas só o Lucas estava lá dentro. E ele é muito ridículo e nojento! Não passa de um riquinho mimado que não faz ideia do que é a vida e que nunca vai saber o que é ter uma coisa dele!

- Não fale assim do filho do Sr. Dan! – João interrompeu a filha.

- O quê? – Stefany estava incrédula. Nunca tinha visto o pai agir dessa forma.

- O Lucas é um ótimo rapaz e será o futuro dono daquela empresa! Você tem que respeitar!

- Respeitar? – Stefany falou tão baixo que parecia um sussurro. – Eu tenho que respeitar uma pessoa só porque ela será a futura dona de uma empresa? Só por que ela tem mais dinheiro do que eu? – Stefany estava transtornada e qualquer um que visse sua fisionomia naquele momento saberia que ela tinha acabado de perder toda a admiração que tinha pelo pai. – Como você pode dizer isso, pai? Como pode pensar assim?

- É assim que a gente deve pensar se quiser chegar a algum lugar. Você acha que eu gosto de ser empregado? Não! Eu não gosto de ser só um funcionário em uma empresa! Mas até hoje isso foi o máximo que eu consegui, apesar de todo o meu estudo, minhas pós-graduações e anos de experiência. E todas as vezes que eu consegui subir lá dentro foi por causa do relacionamento que eu tinha com o Sr. Dan, não por causa do resto!

- Mãe! – Stefany chorava e tudo o que conseguiu foi chamar pela mãe. Ela não conseguia acreditar que o pai dela, o super-herói que ela sempre construiu em sua cabeça poderia falar e pensar uma coisa daquelas.

- João, você está exagerando...

- Não estou, não! – João cortou a esposa. – Acho que nós mimamos demais essa menina. – Falando isso, João foi em direção ao banheiro e bateu a porta com força.

Assim que Stefany ouviu o barulho da porta batendo, ela começou a chorar descontroladamente. Ana correu para a filha e abraçou pedindo que ela tivesse calma, pois tudo ficaria bem. Após um tempo, quando Stefany estava mais calma, ela olhou nos olhos da mãe e disse:

- Mãe, o que aconteceu com o meu pai? Por que ele disse aquilo tudo? Como ele consegue acreditar em tudo o que ele falou agora?

- Eu não sei, minha filha. – Ana deu um beijo na testa de Stefany. – Eu não sei. Mas acho que a necessidade de ser grande está piorando cada vez mais e tornando o seu pai uma pessoa desconhecida.

As duas ficaram juntas no sofá por mais um tempo, até João retornar à sala e falar para a esposa:

- Perdi a fome. Estou indo deitar agora para tentar esquecer a vergonha que passei hoje. E quanto a você Stefany, - João olhou nos olhos da filha – vou conversar com o Sr. Dan amanhã e ver o que é preciso para me desculpar com eles. E você vai fazer o que tiver que ser feito. – Terminando de falar, ele se virou e foi em direção ao quarto, deixando Stefany mais uma vez sem ter o que falar.

Stefany também tinha perdido a fome, mas sua mãe a obrigou a comer um pouco, antes que ela pudesse voltar para o quarto. Assim que voltou, Stefany olhou o celular e viu que tinha três chamadas perdidas de Ricardo e uma mensagem em que ele perguntava porque ela não o estava atendendo e dizendo que estava ficando preocupado. Ela parou de chorar, pois não queria deixá-lo ainda mais preocupado e retornou a ligação, mas, assim que ele atendeu ela não aguentou e voltou a chorar muito.

- Stefany, o que está acontecendo? – Ricardo estava muito preocupado.

- Eu não tô bem! – Foi a única frase que ela conseguiu dizer entre os soluços.

- Eu tô muito preocupado com você! Me conta o que houve. – Ricardo esperou um tempo, mas só ouviu os soluços da namorada como resposta. – Tô indo praí agora! Beijos. – Falando isso, Ricardo desligou o telefone e saiu correndo para chegar o mais rápido possível na casa da namorada.

Stefany desligou o telefone e continuou chorando. Ela não sabia o que pensar, seu mundo tinha virado de cabeça para baixo e ela não entendia como tantas coisas ruins podiam estar acontecendo. Ela continuou chorando até que ouviu batidas em sua porta. Ainda deitada na cama, Stefany falou que não queria abrir a porta, por mais que sua mãe quisesse ajudar, ela não queria conversar com ela agora.

- Filha, o Ricardo está aqui do meu lado esperando pra falar com você. – Ana falou suavemente.

- Stefany, sou eu! Abre pra mim! Eu vim aqui pra ficar com você! – A voz de Ricardo estava abafada, parecia que ele estava com a boca colada na porta.

Stefany fez força para levantar, enxugou as lágrimas que escorriam pelo seu rosto e abriu a porta. Assim que viu o namorado, ela teve muita vontade de chorar, mas se segurou para não fazer essa cena. Ana, percebendo que a filha desabafaria mais ficando sozinha com o namorado, avisou que estaria na sala e que eles podiam chamá-la caso precisassem de alguma coisa. Stefany saiu da frente da porta para que Ricardo pudesse entrar no quarto e, assim que ele entrou, ela encostou a porta novamente para não correr o risco de ver o pai e piorar ainda mais o que já estava sentindo.

- Seu quarto combina com você! Meigo e lindo! – Ricardo estava sorrindo e foi se aproximando da namorada, que voltou a chorar compulsivamente. – Minha linda, não chora! Me conta o que tá acontecendo! – Ricardo a puxou para ela se sentar na cama com ele, colocou a cabeça dela em seu ombro e ficou fazendo cafuné na cabeça dela até ela começar a falar e levantar a cabeça de seu ombro para poder contar tudo o que tinha acontecido olhando nos olhos dele. Conforme Stefany ia narrando o encontro com Lucas, a abordagem dele no escritório e, por fim, todo o problema que teve com o pai, Ricardo ficava cada vez mais transtornado e furioso. Quando Stefany parou de falar, Ricardo pensou por alguns segundos antes de dizer:

- Esse cara tá a fim de você.

- O quê? – Stefany achou por um momento que o namorado estava brincando.

- Esse Lucas tá a fim de você! – Ricardo repetiu, tentando não deixar transparecer a raiva que estava sentindo.

- Ricardo, você tá maluco?! – Stefany percebeu que não era uma brincadeira do namorado, mas ela não estava no clima de lidar com ciúme bobo do namorado em um momento como aquele.

- Não, Stefany! Eu não tô maluco! – Ricardo levantou da cama e começou a andar de um lado para o outro perto de onde Stefany ainda estava sentada. – Mas fala sério! Pô, o cara arma com teu pai pra vocês irem na casa dele só pra você tomar banho de piscina com ele. Depois ele te cerca dentro do escritório do pai dele. Isso porque ele armou tudo! Como ele mesmo disse a você! – Ricardo ficou um tempo em silêncio e voltou a falar. – Cara, isso é coisa de moleque mimado quando tá a fim de uma garota! Eu sou homem e eu sei muito bem como homem pensa. Quando um cara tá a fim de verdade de uma garota, ele faz o que tiver que fazer, arma a situação que for pra poder encontrar com ela ou pra surpreender de uma forma que vai deixar ela caidinha! – Parando em frente a ela, ele completou: - Foi por isso que você só foi chamada para essa entrevista agora! Não deve ter sido o pai dele que teve essa ideia, não. Foi ele! Foi o Lucas que armou tudo isso para poder ficar perto de você lá dentro!

- Isso é tudo o que você tem pra me dizer? – Stefany estava triste. No fundo ela sabia que fazia todo o sentido o que o namorado tinha acabado de dizer, mas, naquele momento, ela precisava de carinho, de um ombro amigo e não de uma cobrança do namorado.

- Desculpa. – Ricardo mudou a expressão facial na mesma hora e voltou a sentar ao lado da namorada. – Desculpa mesmo! Eu fiquei nervoso com essa situação toda! Eu não devia ter dito tudo isso, mas eu não consegui segurar, foi mais forte que eu! Eu não consegui pensar nessa situação... – e após uma curta pausa, ele disse: - Eu te amo!

Stefany arregalou os olhos pelo o que tinha acabado de ouvir. Ela se perguntou se era possível que aquele terrível momento de tristeza ia se tornar um dos mais felizes da vida dela. No fundo, com o sexto sentido feminino, ela já tinha percebido que a relação dos dois era muito mais forte do que o tempo que eles estavam juntos. Tudo começou do nada. Quando se conheceram eles apenas conversavam na frente dos amigos, nunca tinham falado muito de suas vidas pessoais e muito menos passado algum tempo sozinhos, mas desde que saíram pela primeira vez ela sentia alguma coisa diferente entre eles, algo difícil de explicar, mas era algo bom, verdadeiro e duradouro. Ela sabia, no fundo de seu coração, que ele era o cara certo para ela, ele seria o seu marido, ele seria o pai de seus filhos. O que ela não sabia ainda é que muita coisa estava para acontecer.

- Eu também te amo! – Stefany abraçou Ricardo e o beijou. Ela estava com saudade daquele beijo, do carinho dele e de se sentir amada.

Os dois ficaram assim por mais um tempo até Ana aparecer na porta do quarto para mandar a filha dormir para não perder a hora da faculdade no dia seguinte. Os dois começaram a se despedir dentro do quarto ainda e foram assim até a porta de casa, já que Ricardo não queria que ela fosse até a portaria levá-lo. Enquanto esperavam o elevador chegar, ele deu um beijo na namorada e disse:

- Stefany, eu não quero que você volte naquela empresa. – Ele estava olhando sério para ela.

- Nem eu quero voltar lá! Aquele cara é revoltante!

- Eu sei que seu pai tá chateado e que ele disse que ia conversar com o chefe amanhã e que você teria que fazer o que tivesse que ser, mas eu não quero ver você em uma situação igual a essas de novo! Se você for lá, eu vou junto! – Ricardo estava ficando cada vez mais sério.

- Ok! – Stefany sorriu tentando acalmar o namorado, o que funcionou no momento em que ele viu que ela estava sorrindo. – Pode deixar que se eu tiver que voltar lá, vai ser sob os cuidados do meu namorado e segurança!

- Isso aí! – Ricardo deu mais um beijo nela e se despediu. - Agora eu tenho que ir. Qualquer coisa me liga!

- Ok! – Stefany viu que Ricardo já estava abrindo a porta do elevador com a mão direita, mas como ainda segurava a mão esquerda dele, ela apertou, foi em direção a ele, e disse: - Te amo! – E o beijou mais uma vez.

- Também te amo, minha linda! – Ricardo deu um beijo na testa para se despedir e entrou no elevador.

Quando Stefany voltou para o quarto, estava bem mais tranquila e com menos raiva de tudo o que tinha acontecido, mas depois de ter ficado algumas horas com o namorado lá dentro, ela sentia que tinha alguma coisa faltando no quarto, exatamente uma parte da sua felicidade. Stefany colocou o pijama, se deitou e ficou mexendo no celular até receber uma mensagem do namorado dizendo que tinha chegado em casa, que já estava com saudade e que a amava. Ela respondeu a mensagem, colocou o celular na mesa de cabeceira, deu um sorriso e dormiu.

CAPÍTULO 9

Quando o despertador tocou Stefany, sentia que não tinha dormido nada. Na verdade, ela tinha certeza de que estaria se sentindo muito melhor se não tivesse dormido nada, pois essa ressaca era por conta de todos os pesadelos que ela teve na noite anterior. E em todos eles, sem exceção, a presença de Lucas era o que os fazia terríveis. Ela sacudiu a cabeça tentando esquecer tudo o que tinha sonhado e foi tomar banho para não se atrasar. Quando se sentou à mesa, todos já estavam sentados, então ela desejou bom dia e começou a fazer seu café com leite. Julia respondeu como de costume, Ana sorriu para a filha e perguntou se ela tinha conseguido dormir bem, mas João não falou nada, continuou a tomar o café e olhar para a mesa, sem levantar a cabeça. Stefany respirou fundo e colocou uma fatia de queijo em uma torrada para enganar que estava comendo, afinal, depois de ser tratada assim pelo pai, ela já tinha perdido a fome.

- Aconteceu alguma coisa que eu não tô sabendo? – Julia perguntou olhando para cada um dos três que tomavam o café em silêncio.

- Não, minha filha. – Ana respondeu, mas voltou a ficar em silêncio.

- Duvido. – Julia repetiu depois de um tempo, mas dessa vez ninguém falou mais nada até João terminar o café e ir ao banheiro.

- Ele vai ficar agindo assim até quando? – Stefany perguntou olhando para a mãe.

- Calma, filha. Ele está preocupado com o trabalho. Você sabe que ele dá muito valor a esse trabalho que tem. Ele é muito grato por tudo o que o Sr. Dan já fez por ele. Já sabemos que ele não é muito racional quando o assunto é o trabalho, principalmente quando é sobre o chefe! – Ana olhou pelo corredor na direção do banheiro e deu um olhar de desaprovação.

- Será que agora eu posso saber o que está acontecendo? – Julia perguntou mais uma vez, mas antes que alguém pudesse responder, João se aproximou da mesa com a pasta na mão e falou diretamente para Stefany.

- Estou indo para o trabalho. Acho bom você torcer para que nada de ruim aconteça ao meu emprego por causa da sua criancice de ontem. E torça também para que o Sr. Dan e o filho dele aceitem as minhas desculpas em seu nome.

- Que eles aceitem as suas desculpas em meu nome? – Para Stefany tinha sido a gota d'água. – O que você quer dizer com isso? Eles que me devem desculpas por terem armado aquele teatrinho ridículo para o Lucas ficar sozinho comigo no escritório!

- O Lucas é muito rico. Ele pode ter qualquer menina aos pés dele, não ia perder o tempo dele armando teatrinho para você ficar sozinha no escritório com ele!

- Então você acha que ele fez aquilo por quê? – Stefany interrompeu o pai.

- Ele só estava ajudando o pai dele. E, mesmo que ele tivesse feito isso de propósito, que ele tivesse pedido ao pai para deixar vocês sozinhos um pouco para conversar, você deveria agradecer por isso! Por ter a sorte dele querer a sua amizade!

- Sorte? Que sorte? Desde quando uma pessoa tem sorte só porque tem um amigo que a família é rica? Ele não é nada! O Lucas é um ninguém, que não tem dinheiro próprio, não estuda direito para ter uma carreira ou seguir com o negócio do pai, não tem amigos de verdade, e nem é um amigo de verdade! Ele só sabe usar o dinheiro do pai para comprar as pessoas...

- CHEGA! – João gritou com a filha. Pela primeira vez João tinha falado daquela forma com Stefany. Na verdade, ela nem lembrava dele ter gritado dessa forma com Julia antes. Pela fisionomia dele, estava claro que ele estava muito decepcionado com Stefany e ela já começava a duvidar que um dia ele a entendesse. - Eu não quero mais esse assunto aqui. Acabou!

João saiu de casa sem se despedir de ninguém e Stefany correu para o quarto para chorar, de novo. Ana fez menção de levantar para falar com a filha, mas Julia foi mais rápida e disse para a mãe:

- Deixa que eu vou. Eu já tô mais acostumada com isso.

Julia respirou fundo antes de abrir a porta do quarto da irmã. Ela gostava de verdade da irmã, apesar de todos acharem o contrário. O problema das duas era o pai. Julia não aguentava ver e ouvir o pai a menosprezando sempre por causa da irmã. Ela sabia que Stefany não tinha culpa nenhuma. Ela já até tinha percebido que quando o pai a maltratava, a irmã reclamava com ele, por várias vezes ela ouviu a irmã pedindo para que ele não comparasse as duas, que cada uma tinha um jeito e que ele deveria valorizar o ponto positivo de cada uma. Julia queria ser amiga da irmã, mas manter essa amizade e união significava Julia ser ainda mais bombardeada com comparações que nunca eram favoráveis a ela. Julia girou a maçaneta e entrou no quarto.

- Não quero falar com ninguém! – Stefany falou com a voz de choro, abafada pelo travesseiro que cobria o seu rosto.

- Mas é assim que você faz sempre comigo.

Na mesma hora Stefany tirou o travesseiro do rosto e encarou a irmã. Ela não acreditava que estava vendo a irmã, ali na frente dela, pronta para consolá-la.

- Posso sentar? – Julia apontou para a cama, onde a irmã estava sentada.

- Claro. – Stefany se afastou para o lado para a irmã poder sentar.

- O que aconteceu? – Julia perguntou olhando diretamente nos olhos da irmã.

- Nada demais.

- É demais sim. Nosso pai nunca falou desse jeito com você antes! Stefany, você pode se abrir comigo! – Julia tentou segurar a mão da irmã, mas ela puxou ao sentir o toque.

- Por que você se preocupa agora? – Stefany não aguentava mais toda a indiferença que a irmã tinha por ela. – Eu sempre tentei te consolar e você só me ignorava. Eu tentava conversar com você e você nunca queria falar comigo, estava sempre ocupada. Eu sempre tive uma irmã, mas nunca senti que tinha uma irmã de verdade, porque você sempre fez tudo o que pôde para me excluir!

- Será que você não entende? – Julia se afastou ainda mais da irmã para poder olhar melhor para ela. – Todas as vezes que nós ficávamos juntas o nosso pai corria para você! Era você quem ele colocava no colo, quem ele colocava para dormir, quem ele colocava na cadeira ao lado no cinema... Sempre foi você! E isso não é um simples ciúme de irmã! Eu não me importo que ele tenha a preferência dele, mas ele sempre me humilhou! Eu nunca era boa que nem você, não era tão inteligente que nem você, não era tão bonita que nem você, eu não era nada que nem você! Eu sei que você nunca quis que ele agisse desse jeito, sei de muitas vezes que você conversou com ele, mas ainda assim ele continuava fazendo as mesmas coisas, e eu não podia lidar com isso!

- Eu nunca quis que fosse assim! – Stefany falou com a voz trêmula.

- Eu também não. Só que o nosso pai fez ser assim. Quanto a isso, não tem o que fazer.

- Se é tão difícil para você, e eu sei que é, nós podíamos pelo menos se dar bem quando estivermos sozinhas. Se bem que agora você pode ficar tranquila que ele nunca mais vai fazer nenhuma comparação boa para o meu lado!

- Talvez! – Julia brincou. – Mas me conta, o que aconteceu?

Stefany contou tudo para a irmã, com todos os detalhes, contou até sobre os pesadelos que tinha tido na noite anterior. Ela estava adorando a conversa que, pela primeira vez na vida dela, ela estava tendo com a irmã. E o melhor de tudo era que foi a irmã quem a procurou. A relação dela com o pai podia estar abalada, mas pelo menos aquela situação toda tinha servido para aproximá-la ainda mais de seu namorado e de sua irmã. Stefany podia dizer que estava se sentindo realmente feliz.

- Esse Lucas é um saco mesmo! Ninguém merece! E tá na cara que ele tá querendo alguma coisa com você! Provavelmente ele não tá apaixonado... Um cara mimadinho como ele não é de se apaixonar à primeira vista não! Ele viu alguma coisa em você e vai ficar no teu pé até conseguir!

- Eu não aguento mais isso! Por que eu? Por que ele não vai procurar uma garota como ele para ele poder encher o saco dela! – Stefany se levantou da cama.

- Por que ela não é você. Como eu disse, é alguma coisa de você que ele quer. Alguma coisa que ele não vai ter de outra pessoa. – Julia também se levantou e se despediu. – Agora vou lá. Você tem que ir pra a faculdade.

Enquanto isso, João entrava no escritório do chefe para iniciar seus pedidos de desculpa:

- Bom dia, Sr. Dan! Como o senhor está?

- Bom dia, João! Tudo ótimo, e com você? Sente-se! – O chefe apontou para a cadeira a sua frente.

- Tudo bem. Estou passando aqui logo cedo para me desculpar pelo comportamento da minha filha ontem... – O chefe cortou João:

- Não precisa se desculpar. Foi apenas um mal-entendido. O Lucas me explicou tudo.

- Ah! O Lucas explicou? – João se sentiu agradecido por Lucas ter acobertado o mal comportamento da filha.

- Sim! Ele me explicou tudo! Não tem problema algum! – O chefe sorriu para João.

- Que bom! Fiquei muito preocupado que o comportamento de ontem pudesse atrapalhar alguma coisa... – João deixou a frase em aberto.

- Não se preocupe! Está tudo resolvido! Ela deve ter ficado nervosa por estar sozinha com o Lucas aqui dentro do escritório... Sabe como são os jovens! – Sr. Dan riu e se recostou na cadeira.

- Claro! E minha filha ainda é muito jovem, muito envergonhada com essas coisas. – João entendeu na mesma hora o que tinha acontecido no dia anterior. Lucas devia estar gostando de sua filha e ela deve ter fugido por medo de alguém ver o que estava acontecendo.

- Como eu disse. Está tudo resolvido. É melhor a gente deixar que os dois resolvam isso sozinhos.

- Claro! – João se levantou da cadeira e completou: - Vou voltar ao meu trabalho. Muito obrigado pela compreensão.

- Bom trabalho! Mande lembranças a sua família e diga a Stefany que a vaga estará disponível caso ela queira voltar daqui a um tempo.

- Aviso sim! Muito obrigado, mais uma vez. – João se virou e saiu do escritório certo do que teria que fazer logo em seguida. Foi em direção ao elevador e, assim que a porta do elevador abriu, ele encontrou com quem estava prestes a procurar.

- Bom dia. – Lucas falou ao perceber que tinha uma pessoa a sua frente, mas como estava olhando para o chão, não reparou quem era.

- Bom dia, Lucas! Estava a sua procura! – João falou abrindo um largo sorriso.

- João, não é? – Lucas retribuiu o sorriso quando João confirmou o seu nome. – Prazer em rever! Mas diga, por que estava me procurando?

- Eu gostaria de agradecer a ajuda que você deu com relação ao comportamento da minha filha ontem. Será que nós podíamos conversar melhor no meu escritório? – João apontou para o elevador.

- Claro! Sem problemas. – Lucas voltou a entrar no elevador cujas portas já iam se fechar.

Os dois desceram até o andar onde ficava o escritório de João, que fez questão de passar com a cabeça bem em pé para que todos vissem que o filho do dono da empresa estava entrando em seu escritório. Ao passar pela secretária, João informou que não queria ser interrompido por ninguém, nem mesmo por telefone, por estar tratando de assuntos muito importantes com o filho do Sr. Dan. Ele abriu a porta para que Lucas pudesse entrar e o convidou para sentar.

- Bem, Lucas, eu quero muito te agradecer por ter explicado ao seu pai o que aconteceu ontem. – João começou, mas foi interrompido por Lucas.

- Ele te explicou o que aconteceu? – Lucas ainda não tinha conversado com o pai sobre o acontecimento do dia anterior. Desde a hora em que tinha saído do escritório, ele foi para a casa de um amigo jogar videogame e depois ficaram bebendo cerveja. Quando voltou para casa, seus pais já estavam dormindo. Então ele precisava saber antes o que os dois tinham conversado, para ter certeza de que o pai tinha entendido as suas intenções com a filha de João.

- Sim! Ele me contou que você explicou a ele que a Stefany tinha ficado nervosa por estar sozinha com você dentro do escritório.

- Ah, sim! – Lucas confirmou o que esperava: seu pai tinha entendido tudo. Agora bastava ele dar o golpe final, e a Stefany ia ser dele.

- Ela é muito nova ainda, muito envergonhada, entende? – João falava calmamente, tentando procurar as palavras certas que deveriam ser ditas. – Espero que o comportamento de ontem não atrapalhe vocês. Quero dizer, - João completou, pois viu que Lucas tinha erguido as sobrancelhas – como o seu pai disse, é bom deixarmos vocês dois resolverem isso sozinhos, então vocês poderiam tentar conversar uma outra vez, com mais calma.

- É exatamente isso o que eu quero! – Lucas começou a fazer o seu show. – Eu me sinto um pouco envergonhado de falar sobre isso com o senhor, afinal, ela é sua filha... Mas eu achei a Stefany muito interessante desde o primeiro dia que encontrei com ela na festa da minha chegada! Ela é muito bonita e inteligente e eu queria muito poder conhecê-la melhor, mas eu acho que ela não pensa o mesmo sobre mim... – Lucas fingiu estar triste, exatamente como mandava o show.

- Como assim? – João perguntou preocupado. – Por que você acha que ela não pensa o mesmo sobre você?

- Bem, ela parece não querer conversar comigo... Eu tento puxar assunto, mas ela não continua a conversa... Sei lá, mas as vezes eu tenho a impressão de que ela acha que eu sou mimado! – Lucas aumentou o teatrinho fazendo uma cara ainda mais infeliz. – Só que eu não sou! Tanto que eu estou me esforçando muito para aprender tudo e continuar administrando essa empresa como o meu pai tem feito tão bem nesses últimos anos.

- Claro que você não é mimado, Lucas! – João lembrava que era exatamente isso que Stefany tinha dito sobre ele na briga que eles tiveram, mas ele iria mudar a cabeça da filha. Ela não podia deixar uma oportunidade como essas passar! – E eu tenho certeza de que a minha filha não pensa isso!

- O senhor acha? – Lucas perguntou.

- Acho sim. Por que você não vai jantar sexta-feira lá em casa? Assim vocês podem conversar um pouco.

- Seria ótimo! – Lucas riu. Ele sabia que seria fácil fazer com que João jogasse o jogo dele, mas não imaginava que ele seria comprado tão facilmente.

- Marcado, então. Na sexta você poderá conversar com mais calma com a Stefany e você verá como ela não tem nada contra você.

- Nossa! Eu fico muito grato com essa ajuda!

- Não tem o que agradecer! – João estava satisfeito.

- Muito obrigado. – Lucas se levantou. – Agora é melhor eu encontrar o meu pai para começar a trabalhar.

- Tenha um bom dia de trabalho, meu filho! – João se apressou para abrir a porta do escritório. – Até sexta!

- Até sexta! – Lucas apertou a mão de João, sabendo que estavam fechando um contrato.

João se encaminhou até a mesa da secretária para saber se alguém tinha o procurado e Lucas foi direto para o elevador, assim que ele entrou e as portas se fecharam, Lucas riu alto por ter achado uma presa tão fácil para o seu plano. Quando entrou no escritório do pai, Lucas ainda estava com um sorriso estampado no rosto.

- Isso são horas de chegar ao trabalho? – O pai perguntou sem levantar os olhos dos papéis que estava lendo.

- Já cheguei há um tempo, mas o João me encontrou no elevador quando estava saindo daqui.

- João? – Assim que o filho disse o nome dele, o contrato que ele estava estudando perdeu importância e ele olhou para o filho. Ao ver o sorriso estampado no rosto do filho, ele sabia que o filho estava perto de conseguir o que queria. – E o que vocês conversaram?

- Ele queria me agradecer por ter limpado a barra da filha depois dela ter fugido daqui ontem... – O pai riu – Ele me levou lá pro escritório dele pra a gente conversar. Pelo visto você entendeu direitinho o que eu quero, né?

- Sim. – Dan largou a caneta em cima dos papéis, cruzou os braços e continuou: - Eu sei que te dei um prazo limite para se casar e começar uma família depois que descobri que você não deu a mínima importância para o dinheiro que gastei para o suposto intercâmbio que você estava fazendo. Imagino que essa Stefany tenha sido a escolhida. – Após o filho fazer sinal afirmativo com a cabeça, o pai perguntou: - A minha dúvida é: por que ela?

- Primeiro, porque ela é bonita. Se é pra casar e ter que dormir todo dia com uma mulher do meu lado, ela tem que ser, no mínimo, bonita. Segundo, porque ela é inteligente... Eu não tô nem um pouco a fim de trabalhar aqui ou em qualquer outro lugar, então ela vai poder levar essa empresa até o nosso filho continuar fazendo dinheiro pra gente! E terceiro, mas não menos importante, porque desde a festa lá em casa eu percebi que o João é um grande puxa-saco, – o pai confirmou com a cabeça – então se ela não quiser por bem, o pai vai obrigar que ela aceite esse casamento por mal.

- E como você pretende que ela aceite se casar com você? Vocês nem namoram!

- Bem, tá bem difícil de enrolar. Ao contrário do pai, ela me acha nojento por não trabalhar e ganhar meu próprio dinheiro...

- Gostei dela um pouco mais agora! – O pai riu.

- Continuando, - Lucas agiu como se não tivesse sido interrompido, - tô achando muito difícil que ela mude de opinião depois de tudo o que já aconteceu... Se for isso mesmo, vou recorrer ao pai. Primeiro vou tentar que ele a convença, se não der certo, partimos pra compra.

- Que compra? – O pai se debruçou sobre a mesa, demonstrando que estava interessado na conversa.

- A gente oferece uma posição alta pra ele aqui na empresa, e é bem direto com ele: ou ele obriga a filha a namorar comigo ou ele é despedido. Quanto a casar... Aí eu faço a minha parte! Você tem dúvida da escolha dele? – Lucas também se debruçou sobre a mesa.

- Você realmente sabe jogar!

- Tive com quem aprender! – Lucas voltou a se recostar na cadeira.

- Muito bem. Acho que você fez uma boa escolha. Apesar do pai ser uma pessoa repugnante, a filha parece ser bem delicada e, como você mesmo colocou em primeiro lugar, é muito bonita. Será uma boa aquisição pra nossa família e empresa.

- Acho que é a minha primeira decisão que você aprova.

- Pra tudo tem uma primeira vez. – Pegando novamente a caneta e voltando a analisar o contrato, João completou: - Agora ao trabalho porque a sua futura esposa ainda não está aqui pra trabalhar por você.

CAPÍTULO 10

Quando João voltou para casa, ele preferiu não comentar nada sobre o jantar de sexta-feira, pois já sabia que sua filha iria reclamar do convite que ele fez a Lucas. Esperou até quinta-feira para comunicar a esposa que no dia seguinte uma visita estaria presente para o jantar, mas manteve em segredo a identidade da pessoa para que suas filhas não ficassem sabendo. Na verdade, João não se importava que Julia saísse, para ele seria até melhor que a filha mais velha estivesse ausente, só que, como o jantar funcionaria como um pedido de desculpas, o ideal era que a família toda estivesse reunida para receber Lucas muito bem. Dessa forma, a sexta-feira chegou:

- Pai, até que horas deve ir o jantar de hoje? – Stefany foi até a sala onde João estava sentado no sofá, já arrumado, vendo televisão e Julia estava sentada em uma das poltronas mexendo no laptop.

- Não tem horário pra acabar. Por que você quer saber? – João ainda não queria falar direito com a filha como uma forma de tentar controlá-la durante o jantar.

- É que que eu queria sair com o Ricardo depois...

- Não vai dar. – João interrompeu a filha sem desviar os olhos da televisão. – Já pode desmarcar qualquer encontro com ele hoje.

- Mas pai! Ele é meu namorado...

- E eu sou seu pai! – João olhou para a filha e falou um pouco mais alto do que o normal. – Já disse que você não vai se encontrar com esse garoto hoje!

- "Esse garoto"? Não estou entendendo! Você tinha gostado do Ricardo! Por que está falando dele desse jeito agora? – Stefany estava confusa.

- Eu só conversei com ele uma única vez! Não tem como a gente gostar ou não de uma pessoa depois de ter só uma conversa com ela! – João estava começando a preparar o terreno para a chegada de Lucas. – De qualquer forma, eu sou seu pai, e eu sei o que é melhor pra você! Não sei se ele é a melhor opção pra você! Você já está prestes a se formar, devia se envolver com alguém que já tem a vida mais definida.

- O que você quer dizer com vida mais definida? Ele trabalha! – Stefany estava começando a ficar irritada com a repentina mudança de opinião do pai.

- Eu sei que ele trabalha, mas ele vai ter dinheiro pra te sustentar?

Julia já tinha parado de mexer no laptop e estava prestando atenção na conversa, João parou de fingir que estava interessado na televisão e olhava direto para a filha e Stefany estava se segurando para não deixar transparecer a raiva que estava voltando a sentir, mas antes que Stefany pudesse responder ao pai, o interfone tocou e Ana gritou da cozinha para alguém atender, pois ela estava ocupada colocando a comida no forno.

- O que deu nele? – Julia estava boquiaberta e perguntou conforme o pai se levantou do sofá e foi correndo para a cozinha atender o interfone.

- Não sei de mais nada! Eu não entendo mais o nosso pai! – Stefany estava segurando o choro.

- Vocês duas! – João voltou para a sala. – Julia, pode guardar esse laptop agora no seu quarto, e Stefany, também não quero você com esse celular na mão. Mande uma mensagem pro seu namorado dizendo que vai jantar agora e que amanhã vocês se falam. – Vendo que nenhuma das duas se mexeu: - Agora!

As duas foram em direção ao corredor e cada uma entrou no seu quarto. Stefany digitou uma mensagem para Ricardo explicando que não teria como encontrar com ele naquele dia e avisou que o pai não estava em um bom dia, então não poderia ficar com o celular por perto. Ele respondeu na mesma hora que era uma pena, que estava morrendo de saudade, mas que compensariam aquele tempo quando se encontrassem no dia seguinte. Quando Stefany estava se levantando da cama para voltar a sala, Julia apareceu na porta do quarto:

- Parece que ele decidiu implicar mesmo com você. – Ela não estava falando para implicar ou deixar a irmã triste. Essa tinha sido a forma que ela encontrou de dar um apoio à irmã.

- Nem fala! – Stefany respirou fundo e colocou o celular em cima da mesinha de cabeceira, ao lado de sua cama.

- Preparada para descobrirmos quem é essa visita tão especial que manteve todos em casa hoje? – Julia perguntou no melhor tom sarcástico que conseguiu fazer.

- Não! – Stefany disse e as duas irmãs foram em direção a sala, rindo.

- Ai, não! – Julia, que estava mais a frente, foi a primeira a ver a visita tão esperada que já estava acomodada no sofá da sala. Na mesma hora ela parou de rir e se virou para a irmã, que, por ainda não ter visto, continuava rindo. – É melhor você se preparar!

- O que houve? – Stefany parou de rir, mas o sorriso ainda estava estampado em sua fisionomia. Ela ria tão pouco com a irmã, que ela não queria que o riso das duas fosse tão curto assim, mas, por outro lado, a irmã tinha ficado muito séria de repente. Alguma coisa muito estranha devia ter acontecido para Julia pedir que ela se preparasse.

Julia não respondeu nada, apenas levantou as sobrancelhas e fez sinal com a cabeça em direção a sala. Ela continuou parada para que a irmã passasse a sua frente, assim ela poderia segurá-la caso Stefany quisesse fugir ou até mesmo desmaiasse. Stefany, ainda sem fazer ideia do que estava prestes a acontecer, passou a frente da irmã e entrou na sala confiante, quando congelou ao ver a pessoa que havia acabado de se levantar do sofá quando a viu.

- O que você tá fazendo aqui? – Stefany foi curta e grossa. Ela não aguentava mais o joguinho que esse cara estava fazendo. Já tinha sido demais ele armar todo um plano para poder ficar a sós no escritório do pai dele, mas armar um plano para agora estar na casa dela... Isso era demais! Alguém tinha que impedir que ele pudesse continuar fazendo tudo o que tinha vontade. E, se mais ninguém fazia isso, quem teria que fazer era ela.

- Boa noite! – Lucas continuou sorrindo e fingiu que não tinha ouvido a pergunta de Stefany. Ele já esperava que fosse ser recebido dessa forma.

- O que você está fazendo aqui? – Stefany repetiu a pergunta, falando calmamente cada palavra para que ele entendesse que ela queria uma resposta.

- Stefany! – João que estava em pé desde o momento em que as irmãs entraram na sala, virou-se para a filha e a olhou firmemente, deixando bem claro que ele não iria aceitar o tipo de comportamento que a filha estava tendo. – Foi assim que eu ensinei vocês a se comportar com as visitas? O Lucas está aqui por convite meu! Ele é meu convidado para jantar hoje.

- Calma! Fica quieta! – Julia falou no ouvido da irmã. Talvez por ter sempre se afastado um pouco da família, Julia era a que mais percebia o quanto João era calculista para conseguir o que queria. Todos sabiam da grande necessidade de João de ser grande, mas só Julia percebia que ele seria capaz de qualquer coisa para conseguir status. E quando Julia pensava "qualquer coisa", era no real sentido de qualquer coisa mesmo! Ainda não tinha como saber o que o pai e Lucas estavam querendo, mas os dois estavam se unindo para conseguir algo que seria bom para os dois. Se Stefany continuasse a falar daquele jeito, só quem perderia era ela. – Boa noite! – Julia passou na frente da irmã, pegou sua mão, apertou com força e a levou para o sofá, sentando-se entre a irmã e Lucas.

- Boa noite. – Stefany não queria responder, mas Julia não parava de apertar a sua mão, e estava começando a doer. Assim que falou, Stefany olhou para a mãe que ainda estava surpresa com a visita que estavam recebendo, mas que estava mais preocupada com a reação da filha.

João se sentou e começou a puxar assunto com Lucas. Perguntou sobre o intercâmbio que ele tinha feito e acreditou em todos os detalhes que eram contados. A cada mentira que Lucas dizia, Stefany tinha vontade de levantar e começar a gritar. Até a mãe informar que a janta estava pronta e pedir para que se sentassem à mesa, eles ficaram ouvindo como o curso que Lucas fez no exterior tinha sido difícil, ainda mais por ter sido em inglês, que apesar de ele ser fluente, demorou um pouco até se acostumar e também como ele tinha sentido muita falta dos pais, dos amigos e do país dele durante todo o tempo que ficou longe.

Algumas vezes, Stefany se mexia desconfortavelmente no sofá, e Julia olhava feio para a irmã. Lucas não tinha contado nada para Julia, mas ela imaginava que tudo o que ele estava contando era mentira. Ela sabia que a irmã estava se segurando para não levantar, dar mais um ataque e sair correndo para encontrar com o namorado, mas ela não podia fazer isso. Stefany estava precisando da ajuda da irmã, e ela ia ajudar da mesma forma que Stefany sempre tentou ajudá-la diante das grandes injustiças que o pai delas cometia.

Durante o jantar a conversa foi pouca. Lucas puxou muito o saco de Ana, o que a deixou extremamente envergonhada e, a partir daquele momento, ela baixou a guarda e não demonstrou mais nenhum desconforto com a presença do visitante surpresa. Lucas estava satisfeito por já ter o pai na palma das mãos e por ter conseguido o apoio da mãe também. Pelo pouco que ele estudou da mãe nas poucas horas em que estavam juntos e pelo o que o seu pai já tinha contado para ele, Ana não era do mesmo tipo que João, ela não obrigaria a filha a se relacionar com ele apenas pelo dinheiro, mas, com a força do pai, e ela percebendo que ele tinha sentimentos verdadeiros por sua filha, era provável que Ana ajudasse. Ver a filha feliz com alguém que a ama completamente e evitar mais brigas entre a filha e o marido seriam motivos suficientes. As únicas pessoas que não se deixavam envolver em momento algum eram Stefany e Julia.

- Nossa, essa sobremesa também está divina! – Lucas comentou assim que comeu o primeiro pedaço do mousse de chocolate que Ana havia preparado. – Vocês têm muita sorte de ter uma mãe assim! – Lucas olhou para as irmãs, ainda na tentativa de quebrar o gelo.

- Com certeza! – Julia respondeu secamente, apenas para dar uma resposta, já que Stefany tinha decidido ficar muda, mesmo com os vários olhares que o pai lançou a ela durante o jantar.

- Muito obrigada mais uma vez, Lucas! – Ana respondeu sem conseguir esconder o quanto se sentia envergonhada com tantos elogios.

- Esses elogios são poucos diante do que estou comendo! Só a comida já estava maravilhosa, mas essa sobremesa para fechar... Tornou esse jantar perfeito! Quem dera poder comer uma comida gostosa assim em todas as refeições!

- Está tudo bem? – Ana perguntou preocupada a Stefany, depois que ela se engasgou com o mousse.

- Tudo bem. – Stefany respondeu limpando a garganta. – Eu só me engasguei.

- Deve ter comido muito mousse de uma vez só pra conseguir se engasgar com mousse! – João olhou friamente para a filha, como se a estivesse metralhando.

- Acontece! – Lucas olhou para Stefany e perguntou: - Você sabe cozinhar assim também, Stefany?

- Não. – Stefany olhava fixamente para o mousse.

- Ah, minha filha. Você cozinha bem, sim! Já fez algumas comidas gostosas! – Ana intercedeu pela filha.

— Só o básico. Cozinhar mesmo eu não sei muito bem. — Stefany olhou para a mãe e voltou a olhar para o mousse.

— É verdade! — Julia tentou ajudar a irmã. — A última comida que a Stefany fez ficou horrível! — Julia piscou o olho para a irmã, depois que ela a olhou e deu um sorriso agradecendo a ajuda.

— Pelo menos ela tentou fazer a comida. — João foi grosso com Julia. — Você nem ao menos tenta fazer alguma coisa!

— Prefiro ficar na minha do que jogar comida fora. — Julia já estava acostumada com as injustiças do pai, mas essa tinha sido diferente. Ele queria colocar Stefany em um pedestal para que Lucas se encantasse ainda mais por ela. E o pai só queria mostrar para Lucas que, mesmo Stefany não cozinhando bem, pelo menos ela tentava. E, se fosse para agradá-lo, era só ela aprender com a mãe.

— Acho melhor nos sentarmos na sala para conversar um pouco. — João se levantou da mesa e todos fizeram o mesmo. — Julia, você vai lavar a louça. - João encostou a mão no ombro de Lucas e o encaminhou para a sala.

— Eu vou ajudar. — Stefany falou, começando a pegar os pratos da mesa.

— Não precisa. — João olhou fixamente para a filha. — Só a Julia. Você vai ficar na sala conversando com a gente.

— Ele está fazendo isso de propósito! — Stefany bateu com o pé no chão.

— Ele sempre faz tudo de propósito! — Julia estava colocando os talhares em cima da pilha dos pratos para poder levar para a cozinha.

— Queria poder te ajudar. — Stefany falou olhando para a irmã.

— Eu sei que você queria... E que preferia muito mais do que ficar lá na sala ouvindo o papo daquele chato. — As duas irmãs riram. — Mas é melhor você ir antes que o nosso pai fiquei ainda mais irritado. Ele já ficou muito chateado por você não ter falado nada durante o jantar.

- Até parece! Você vive fazendo isso! Agindo como ele não quer! – Stefany pegou no pé da irmã.

- É diferente. – Julia pegou a pilha de pratos. – Quando eu faço isso eu só tô implicando com o nosso pai. Hoje você tá implicando com o Lucas e isso tá afetando o nosso pai! Ele quer que vocês dois se dêem bem de qualquer jeito!

- Já percebi isso!

- Posso saber por que você ainda não foi para a sala e por que você ainda não está lavando a louça? – João voltou para a sala de jantar e olhou feio para as duas filhas. Julia, na mesma hora, foi para a cozinha e Stefany seguiu em direção a sala, mas antes o pai se colocou na sua frente e falou: - Eu não estou gostando nada do seu comportamento, mocinha! Trate de conversar direito com ele!

Stefany se obrigou a falar algumas poucas palavras durante a conversa, mas ela só conseguia pensar no tempo que estava perdendo sem poder passar aquela sexta-feira com o seu namorado. Depois que Julia terminou de lavar a louça, ela foi para a sala e, assim como Stefany, só falava algumas vezes, para mostrar que estava tentando conversar com Lucas. Para a sorte e azar de Stefany, essa conversa não demorou muito, pois Lucas logo se levantou dizendo que já estava na hora de ir embora.

- Muito obrigado pela presença, Lucas! – João apertou a mão da visita.

- Eu que agradeço a oportunidade de ter comido uma comida tão deliciosa! – Lucas se virou para Ana e se despediu dela.

- Nossa, obrigada mais uma vez pelos elogios, Lucas! – Ana estava vermelha.

- Tchau! – Lucas olhou para as duas irmãs que estavam a uma distância razoável.

- Tchau. – As duas responderam juntas.

- Stefany, acompanhe o Lucas até a portaria. – João pediu a filha.

- O quê? – Stefany não acreditou no que o pai tinha acabado de pedir.

- Eu pedi para você acompanhar o Lucas até a portaria! – O pai foi enfático, demonstrando que não queria que a filha falasse mais nada, apenas levasse a visita até a portaria.

- Não se incomode, João! – Lucas falou olhando para Stefany. – Ela deve estar cansada, não tem necessidade alguma!

- Cansada de quê? – João olhava irritado por ver que a filha não se movia. – Não é incômodo nenhum, não é, Stefany?

- Claro. – Stefany foi em direção a porta e quando passou por Lucas disse, com a cabeça abaixada: - Vamos.

Assim que João fechou a porta, ele deu um sorriso e parou ao ver que Julia e Ana o olhavam questionadoras:

- Por que você fez a Stefany descer com o Lucas? Ele era seu convidado, não tinha necessidade de ser ela! – Ana desabafou.

- Ela tinha que compensar de alguma forma pela atitude que teve essa semana no escritório do pai dele. Já que ela não demonstrou remorso algum durante o jantar, então esse era o mínimo que ela podia fazer em agradecimento.

- Você não podia ter feito isso! – Julia não aguentava mais segurar. E virando-se para a mãe, completou: – Eles querem alguma coisa, mãe! Eles estão tramando alguma coisa que tem a ver com a Stefany! Será que isso não tá claro?!

- Você não sabe do que tá falando! Vai pro seu quarto agora! – João falou alto com a filha.

- Vou sim! Não aguento mais esse teatrinho! – Julia se despediu da mãe e foi direto para o quarto, sem se despedir do pai.

- João, o que está acontecendo? – Ana olhou firme para o marido – Realmente parece que tem alguma coisa acontecendo e que você não está sendo totalmente sincero com a gente.

- Fica tranquila. – João segurou o rosto da esposa e deu um beijo nela. – Eu sei o que estou fazendo e todas vocês vão me agradecer por isso! Sinto que a minha grande chance está chegando e, ao que tudo indica, será uma grande chance pra Stefany também! Tudo vai dar certo! Tudo o que sempre sonhamos. – Falando isso, João foi em direção ao quarto e chamou a mulher, que o seguiu.

Enquanto isso, Stefany abria a porta do elevador e a segurava aberta para Lucas sair.

- Gostei muito de jantar com vocês hoje à noite, mas, tenho que assumir, que estou preferindo esses poucos minutos que estou sozinho com você. – Lucas ficou parado na frente de Stefany.

- O que você quer, hein? – Stefany não precisava mais fingir que o aturava. Ela já tinha deixado bem claro tudo o que pensava dele.

- Você! – Falando isso, Lucas avançou para cima de Stefany que conseguiu se esquivar rapidamente.

- Você tá maluco!? – Stefany falou alto, mas logo voltou ao tom normal para que nenhum vizinho reclamasse. – Eu tenho namorado!

- Então você só não me beijou por que tem namorado? – Lucas sorriu.

- Não! Eu nunca ia te beijar! Você é ridículo! – Stefany não conseguia conter a sua raiva.

- Por que você tá com um cara pobre que vai trabalhar a vida inteira e nunca vai poder te dar tudo o que você quiser? – Lucas se aproximou de Stefany. – Eu posso te dar tudo! Você pode ser a dona da empresa onde seu pai trabalha... Já imaginou? Ter um monte de empregada pra não ter que aprender a fazer comida, ter uma babá pra cada filho que a gente tenha pra não perder o seu tempo cuidando de filho, trocando fralda... Tudo o que você quiser!

- Você me dá nojo! – Foi a única frase que Stefany conseguiu dizer depois de ouvir tudo o que ele falou.

- Eu não vou desistir de você! Você vai ser minha! Eu quero você, e eu tenho tudo o que quero! – Lucas estava sério.

- Eu não sou e nunca vou ser de ninguém! – Stefany se afastou de Lucas e foi em direção a porta.

- Não precisa acreditar agora... No futuro você verá! – Lucas seguiu Stefany.

- A porta está aberta. Pode ir embora. – Stefany não queria olhar para Lucas, mas o medo de que ele tentasse a beijar novamente foi maior e ela não parou de encará-lo por um segundo.

- Até breve. – Lucas piscou o olho e saiu do prédio.

- Ai que ódio! – Stefany respirou fundo para tentar voltar para casa sem quebrar nada que encontrasse pelo caminho.

CAPÍTULO 11

No dia seguinte, Stefany ligou para Ricardo e marcou um encontro com ele. Assim que os dois se encontraram, ela contou tudo o que tinha acontecido na noite anterior.

- O que o seu pai tá querendo? – Ricardo estava nervoso, não conseguia esconder o descontentamento com as atitudes de João.

- Não sei, só sei que tô de saco cheio! – Stefany balançou a cabeça.

- Você tinha que falar com a sua mãe! Já que o seu pai não te ouve e tá agindo desse jeito, você tinha que falar com ela pra acabar com essa situação!

- Mas falar o quê? – Stefany entendia a revolta de Ricardo, mas sabia que nada poderia ser feito.

- Falar tudo o que tá acontecendo! – Cada vez ficava mais difícil de Ricardo se controlar. – Não sei, mas você tem que dar um jeito nisso! Não dá pra ver o seu pai toda hora armando um encontro entre você e esse cara!

- Ricardo! Também não é assim...

- O que não é assim? – Ricardo interrompeu a namorada. – Hein? Vai dizer que o seu pai não tá forçando barra nenhuma pra você encontrar com esse cara?!

- Eu sei que tá, Ricardo! – Stefany não queria brigar com o namorado, ainda mais por causa de Lucas. – Mas também não podemos dizer que é o meu pai que tá fazendo isso... Pode ser tudo coisa do Lucas!

- Não acredito, Stefany! Claro que seu pai tem a ver! Mesmo que fosse o Lucas que tivesse tendo todas essas ideias, o seu pai tá aceitando! Ele já viu que você não gosta desse cara, ele sabe que você tem namorado... Cara, ele me conhece! Como ele marca um jantar numa sexta-feira à noite, convida um cara desses e impede a filha de sair com o namorado?!

- Ricardo... Eu não sei o que dizer! – Stefany realmente não sabia o que dizer. Ela concordava plenamente com o namorado.

- Mas você tem que dizer! Você tem que chegar pros seus pais e falar tudo isso! Não dá pra esse cara continuar entre a gente!

- "Entre a gente"? – Stefany levantou as sobrancelhas, surpresa. – Não tem ninguém entre a gente, Ricardo! Somos só nós dois!

- Então quer dizer que você tá gostando dessa situação? – Ele perguntou.

- Não, Ricardo! Eu não tô gostando nem um pouquinho dessa situação! Tenha certeza de que se tá ruim pra você, tá muito pior pra mim! Não é você que tem que ficar aturando aquele cara mimado!

- E não é você que tem que ficar ouvindo a sua namorada contar que não pôde passar a sexta-feira à noite com você porque estava em um jantar na casa dela com o cara que quer alguma coisa com ela! – Ricardo já não conseguia controlar mais o nervosismo. Ele não conseguia mais suportar essa situação que estava sendo criada por Lucas e João.

- Não acredito que você pensa assim! – Stefany olhava incrédula para Ricardo. Ela entendia o ciúme do namorado, mas sempre achou que ele ficaria ao seu lado. – Eu sei que pra você é difícil, mas não acredito que você acha que eu tô gostando dessa situação!

- Eu não disse isso! – Ricardo tentou se explicar, mas a namorada o interrompeu.

- Disse sim! Você acha que só você sofre por me ouvir contando o que aconteceu! Você não pensa em como foi ruim ficar a noite inteira, dentro da minha própria casa, ouvindo um cara mimado mentindo sobre como tinha sido importante o intercâmbio que ele fez!

- Stefany... – Ricardo tentou se desculpar, mas a namorada continuou falando.

- Você acha que pra você foi muito ruim. Mas ontem à noite, pelo menos, você distraiu a sua cabeça, você fez o que você queria em casa! Eu fiquei sofrendo desde aquela hora! E agora eu continuo sofrendo aqui com você! Pra ser mais exata, sofrendo ainda mais, porque tudo o que eu precisava nesse momento era que o meu namorado me apoiasse! – Uma lágrima escorreu do olho direito de Stefany.

- Stefany, me desculpa! – Ricardo abraçou a namorada e deu um beijo na sua testa. – Eu não quero que a gente discuta e nem que você sinta que eu não esteja te apoiando! Eu imagino que pra você tenha sido barra aguentar aquele cara ontem, mas eu fico com muito ciúme! Eu quero te proteger! Eu não consigo imaginar que você tenha passado por tudo isso! Me desculpa! – Ricardo se afastou e olhou nos olhos da namorada.

- Tudo bem! Eu não quero que a gente brigue! – Stefany falou, enxugando as lágrimas que ainda estavam escorrendo por seu rosto.

- Nem eu! E a gente não vai! – Ricardo deu mais um abraço na namorada e assim eles ficaram por um tempo, até se levantarem do banco e darem uma volta pelo shopping.

As semanas foram passando, e já passavam três meses depois do jantar na casa de João. Stefany já tinha esquecido de existência de Lucas, e sua maior preocupação era com o trabalho de conclusão de curso que teria que ser entregue em duas semanas. Como Ricardo não era de Arquitetura, ele não conseguia ajudar a namorada no trabalho, mas estava ajudando muito ao ser compreensivo. Nos últimos finais de semana, os dois praticamente não saíram para nada, às vezes, Ricardo comprava uma pizza e ia jantar com a namorada na casa dela sábado à noite. Os dois assistiam a um filme, mas não ficavam até muito tarde, pois ela não dormia tarde para acordar cedo no domingo e continuar o TCC e estudar para as provas das outras matérias.

João também tinha parado de comentar sobre Lucas ou marcar encontro entre a filha e ele. Na semana seguinte ao jantar, Lucas conversou com João, pedindo para que eles dessem um tempo para Stefany. Ele explicou que gostava de verdade dela, mas que não seria correto querer alguma coisa com ela sabendo que ela tinha namorado. Sendo assim, Lucas pediu que João entendesse que ele precisava se afastar de sua filha por um tempo, até que ela estivesse disponível ou que a paixão dele se curasse. João deu força para que Lucas não desistisse da filha, contou o pouco que sabia da vida de Ricardo e disse que uma hora a filha acordaria para a realidade de que Ricardo não era o homem que poderia dar a ela o futuro que ela merecia. Os dois, desde então, não falaram mais nada sobre Stefany.

Lucas, entretanto, não tinha desistido. Nesses três meses ele ficou com muitas garotas, mas nenhuma servia para o que ele queria. Por diversas vezes, quando o pai o pressionou sobre um posicionamento com relação à Stefany, ele tentou convencer o pai a esquecer a ideia absurda de que ele se casasse. Para Lucas ainda era muito cedo! Ele só tinha vinte e seis anos e não queria perder o tempo dele com uma mulher só, pelo menos não tão novo. Mas o pai era irredutível. Dan acreditava que só o casamento faria o filho entrar nos eixos. Por mais que ele tivesse dinheiro para sustentar uma casa sem esforço, para ter um empregado para tomar conta do que precisasse e para contratar quantas babás fossem necessárias para seus filhos, Lucas teria uma família, e, mesmo que fosse pouco, teria mais responsabilidade. E esse, talvez, fosse o único jeito de que as suas responsabilidades aumentassem e chegassem até a empresa, que um dia seria dele. E foi em mais uma conversa em que seu pai o pressionava, que Lucas voltou a agir:

- Já passou da hora de você ficar me enrolando sobre o seu casamento, Lucas. – Era um domingo e João entrou no quarto do filho, abrindo as cortinas para que ele acordasse. – Já é uma hora da tarde e você ainda está dormindo. Ontem você não dormiu em casa, só chegou às sete da manhã, como o porteiro me informou. Isso não é atitude de um empresário sério que tem uma grande empresa para carregar nas costas!

- Pai, tô dormindo, não enche agora não! – Lucas colocou o outro travesseiro que ficava em sua cama de casal em cima do rosto.

- Você vai me ouvir agora! – Dan falou alto e puxou com força o travesseiro do rosto de Lucas. – Eu estou cheio dessas suas enrolações! Você não é mais uma criança pra eu ficar sustentando! – Lucas se sentou na cama e ficou olhando o pai. – Você está há três meses dizendo que vai resolver a situação e não resolve nada! Você sai cada dia com uma garota diferente, mas não quer nenhuma. Escolheu uma garota que não gosta de você, não te quer e tem namorado! Se você acha que isso é uma forma de me enganar, saiba que eu cheguei até onde estou hoje, por enganar as pessoas, e não por ser enganado! E não será você que vai me enganar com uma desculpa tão esfarrapada! Já disse e vou repetir pra você não esquecer: se você não casar logo e começar a mudar de atitude, eu vou cortar a sua mesada, e tô pensando em tomar essa medida desde já!

- Tá tranquilo! Você quer uma decisão logo... Eu também. Acho que já esperei tempo demais. – Lucas levantou e vestiu uma camisa.

- Que bom que concordamos. Quando você terá uma resposta? – Dan só aceitaria esperar diante de um prazo.

- Essa semana eu não vou trabalhar.

- Está querendo ficar sem mesada, então? – Dan foi direto com o filho.

- Não, estou justamente querendo o contrário. – Lucas virou-se para encarar o pai. – Vou faltar o trabalho essa semana inteira. O João é puxa-saco, ele vai ao seu escritório todos os dias. Não vai demorar muito e ele vai perguntar por mim. No início você vai dizer que é só um mal-estar, mas depois próximo de sexta-feira, você vai desabafar com ele, dizer que eu pedi pra você não deixar ninguém saber os reais motivos da minha ausência e blá blá blá, mas que você precisava desabafar com alguém, e que ele é a pessoa que você mais confia naquela empresa. Aí você diz que acha que eu estou entrando em depressão por conta do meu amor não correspondido.

- E você acha que uma depressão vai fazer a filha dele vir correndo pros seus braços? – Dan perguntou incrédulo.

- Não. Mas a depressão do filho do chefe dele, vai fazer com ele me procure, e ao ver o meu estado, ele vai tentar me animar. Como está próximo ao meu aniversário, eu posso convencê-lo a me dar uma ideia de dar uma festa e vou deixar claro que eu teria todo o prazer em dar uma festa aqui em casa se fosse uma oportunidade pra ver a filha dele. Na mesma hora ele me garantiria a presença dela. Quando ela e o namoradinho estiverem aqui, porque eu vou fazer questão da presença dele, eu faço o meu show. Garanto que os dois terminam antes da festa acabar. Depois disso é só dar o cargo pro pai, que ela casa comigo!

- Será que tudo vai sair como você espera? – Dan sabia que era um bom plano, mas tinham pessoas envolvidas. Com a experiência de Dan, ele sabia que prever o que acontecia com coisas era fácil, mas as pessoas podiam agir muito diferente do que imaginávamos.

- Eu sei que o que você tá pensando... Que não tem como prever tudo por causa das pessoas... Só que tem um detalhe, eu tô planejando a parte do João e uma pequena parte minha. Esse cara é tão puxa-saco que é totalmente previsível. Nós dois sabemos que ele vai fazer o que for pra ver nós dois satisfeitos. Quanto a mim, eu preciso arranjar uma noiva, não é? Não vou poder desistir do plano.

- Assim espero. – Dan foi em direção a porta, mas antes de sair virou-se para o filho e falou: - Acho que é um ótimo plano, mas você não vai ficar aqui em casa fazendo o que quiser. Vai acordar como se fosse trabalhar, não vai sair à noite pra garantir que ninguém vá descobrir a farsa, não vai convidar nenhum amigo pra vir à piscina... Enfim, você vai quase que ficar realmente em depressão... Só que trabalhando nos contratos que eu te enviar por e-mail pra você avaliar. – Dan sorriu para o filho e saiu do quarto, fechando a porta ao passar.

CAPÍTULO 12

Como Lucas havia previsto, João rapidamente notou a ausência dele e indagou sobre isso com o Sr. Dan na terça-feira após uma reunião que tinham acabado de ter:

- Antes de ir, Sr. Dan, notei que o Lucas não veio ontem e hoje. Aconteceu alguma coisa com ele?

- Ah, é só uma virose. Logo ele estará bem. – O Sr. Dan seguiu o plano.

- Poxa! Que pena! Estimo as melhoras dele, mande lembranças minhas, por favor. – João queria se mostrar muito preocupado com a saúde do filho do chefe.

- Muito obrigado, João! Obrigado também por ter notado a ausência dele!

- Com certeza que eu noto! – João estava satisfeito por ter sido reconhecido – Ele faz muita falta para a empresa! E é um ótimo rapaz!

- Fico feliz que você ache isso dele! – Sr. Dan estava satisfeito por ver que o plano do filho, provavelmente, daria certo.

- Vou pra minha sala então. Com licença. – João se virou e saiu do escritório.

No dia seguinte, João notou novamente a ausência de Lucas, mas foi um dia tão corrido por causa de um novo contrato que eles tinham fechado, que ele não teve oportunidade de conversar com o chefe para mostrar mais uma vez que continuava preocupado com a saúde do filho dele. Na quinta-feira, João esperava encontrar o próprio Lucas para poder conversar, mas novamente ele não tinha aparecido. João sabia que pegar uma virose era muito ruim, mas o pai não tinha demonstrado muita preocupação, então não poderia ser nada grave. Se não era nada grave, João se perguntava porque Lucas ainda não havia aparecido na empresa, já que seu pai não gostava muito quando o filho faltava ou chegava atrasado. Para estar a tanto tempo em casa, João desconfiava que o problema de Lucas era mais sério do que o Sr. Dan tinha contado. Por isso, ele correu na hora do almoço para poder passar no escritório do chefe antes de voltar a trabalhar. Assim que a secretária anunciou pelo telefone ao Sr. Dan que João gostaria de falar com ele, o chefe pediu que a secretária o liberasse.

- Boa tarde, Sr. Dan! Como vai? – João perguntou enquanto fechava a porta do escritório.

- Boa tarde, João. Estou bem... Um pouco cansado. – O chefe retirou os óculos e passou as mãos nos olhos, em um sinal claro de que estava muito cansado. – O que te traz aqui, - olhando para o relógio de pulso – na hora do almoço ainda?

- Bem, Sr. Dan... É que eu não pude deixar de perceber que o seu filho ainda não voltou a trabalhar... – João reparou que, a partir do momento que o chefe o ouviu mencionar o nome do filho, sua expressão passou a transparecer, além do cansaço, uma enorme preocupação. – Não quero parecer intrometido, mas estou muito preocupado com ele. – Depois de uma pequena pausa em que o chefe não falou nada, João perguntou: - Ainda é aquela virose?

- Pois é, meu caro João. – O chefe se recostou na cadeira. – Algumas vezes os filhos nos dão muito trabalho, mas quando os vemos sofrer sem ter o que fazer é muito pior!

- Sr. Dan, o senhor está me deixando ainda mais preocupado! – João desencostou da cadeira e se aproximou mais da mesa. – A virose se agravou? Descobriram que era outra coisa?

- Antes fosse, João... Antes fosse... – Percebendo que João não havia entendido o que ele tinha dito, Sr. Dan completou: - Uma virose nós podemos curar com um remédio, mas um sentimento que corrói uma pessoa por dentro não tem cura.

- Não estou entendendo.... O que aconteceu? – João estava perdido e estava dentro do jogo que Lucas tinha armado. Diante da reação dele, o Sr. Dan queria gargalhar, mas pegou essa vontade para dramatizar ainda mais o seu teatro.

- Meu amigo... – João ficou surpreso quando ouviu o chefe o chamar assim dentro do escritório dele, mas ficou extremamente satisfeito. – Espero que você não se incomode que o chame assim...

- Claro que não! – João falou rapidamente.

- Que bom! Porque depois de todos esses anos trabalhando pra mim, eu pude perceber que tenho você como um amigo fiel, que cuida dessa empresa como se fosse sua e com quem eu posso contar pra qualquer coisa... – Sr. Dan saiu de sua cadeira atrás da mesa e sentou na cadeira ao lado de João para ficar mais próximo a ele.

- Nossa, Sr. Dan... – João estava extasiado. – Não sei nem o que dizer! Fico muito feliz que o senhor tenha percebido o empenho que tenho para trazer cada vez mais sucesso pra essa empresa. É muito importante para mim saber que o senhor me tem como um amigo... – João não sabia o que dizer.

- Sim, meu caro! – Sr. Dan deu uns tapinhas no ombro esquerdo de João. – Percebo toda a dedicação que você tem para com a minha empresa... Da mesma forma que você tem se preocupado com a saúde do meu filho... – Após uma pausa, Sr. Dan se recostou na cadeira. – Meu filho me pediu que não comentasse isso com ninguém, especialmente com você... – João se assustou, mas o chefe fez um sinal com a mão para que ele esperasse para ouvir até o fim. – Ele sabe que tenho muita estima por você, mas ele tem receio de que você saiba o verdadeiro motivo que o afastou da empresa essa semana.

- Sr. Dan, me desculpa, mas estou extremamente preocupado! Fiz alguma coisa que o seu filho não gostou? – João foi interrompido pelo chefe.

- Não, João! Fique tranquilo. A verdade é que o Lucas está afastado da empresa por não ter forças para trabalhar. Ele não quer comer, não dorme direito, pra ser mais exato ele praticamente não quer nem sair da cama! Ele está com o coração partido! – Sr. Dan abriu os braços para dar mais dramaticidade ao teatro.

– Coração partido? – João ainda estava um pouco perdido.

– Sim, João. Meu filho está completamente apaixonado por sua filha e, por não ser correspondido, receio que ele possa estar entrando em depressão. – Sr. Dan foi direto. Ele não aguentava mais aquele teatrinho. Cada minuto que passava com João no escritório, era um minuto que ele poderia estar fechando um novo contrato.

– Minha filha?! – João estava mais do que surpreso. Quando ele se preocupou com Lucas, não imaginava que o problema todo fosse um coração partido, muito menos por causa da filha dele.

– Sim. Sua filha Stefany. Ele se apaixonou à primeira vista. Achei que não era nada demais. Um encanto que logo passaria. Mas ele me pediu pra que a convidasse pra trabalhar aqui como estagiária, ele queria ter uma chance de tê-la mais próxima a ele. Eu atendi ao pedido dele, mas a paixão era tão forte que, quando ele soube que eu não poderia atendê-la no horário, ele ficou no escritório pra recebê-la e não deixá-la esperando. Eu não sabia disso, se soubesse teria impedido! Mas ele é jovem e o amor falou mais alto... Quando eles conversaram, ele acabou a assustando um pouco e não conseguiu mais uma aproximação... A última esperança dele foi após o seu convite pro jantar em sua casa. Lembro como ele chegou feliz me contando que iria jantar com ela, estar com ela novamente! Infelizmente, ela não correspondeu aos sentimentos dele...

– Eu não acredito que a minha filha está causando tudo isso! – João estava inconformado e se perdeu em pensamentos. O chefe tinha acabado de dizer que o considerava um amigo, depois de tantos anos trabalhando naquela empresa, e agora tudo podia ficar em jogo por causa de uma criancice de sua filha. João não podia perder uma chance por causa dos caprichos de uma menina ainda! Ele tinha lutado muito para chegar até onde tinha chegado, para dar tudo o que a família sempre teve, mas sua filha decidiu quebrar o coração justamente do filho do chefe dele! Ainda mais sendo um cara que poderia dar tudo para ela! Ela teria tudo mais fácil com ele!

- João? – O chefe se aproximou dele, a fim de tirá-lo do transe que ele havia entrado. – Não quero que você coloque a culpa nela!

- Mas ela nem ao menos deu uma chance para ele! – João tinha que mostrar que não aprovava o comportamento da filha.

- João, nós não mandamos no coração... – Dessa vez, João interrompeu o chefe.

- Eu sei disso, Sr. Dan, mas a Stefany não deu nem ao menos uma chance para conhecê-lo melhor!

- E você acha que se eles tivessem essa chance ela poderia se interessar por ele? – A conversa estava indo muito melhor do que Lucas tinha planejado.

- Tenho certeza! – João foi convicto.

- Tem? – Sr. Dan estava surpreso com a convicção que João tinha respondido.

- Sim. Eu garanto isso. – Na mesma hora o Sr. Dan entendeu o que João quis dizer. E nessa mesma hora ele se orgulhou do filho por ter lido uma pessoa tão bem como ele tinha feito. Já estava certo de que João ia obrigar a filha a dar uma chance para Lucas. Depois disso, convencê-la a casar seria fácil.

- Se é assim... Vamos tentar mais uma vez, então!

- Sim! Eu posso ir amanhã a sua casa conversar com o Lucas sobre isso. – João já estava decidido a ir à casa do Sr. Dan para conversar com Lucas.

- Acho melhor não. – O Sr. Dan tinha dito que o filho estava muito mal, mas a aparência não era a de quem não comia e nem dormia. Como a conversa tinha saído melhor do que o planejado, ele achou que pudesse pular essa parte do plano. – Ele ainda está muito abatido e não quer receber visitas. Espero que você entenda!

- Claro.

- O que nós podemos fazer é o seguinte: Em duas semanas será o aniversário do Lucas. Eu vou combinar com ele uma festa lá em casa. Para os amigos mais chegados... E vou prometer que se ele voltar as atividades normais e ficar saudável, eu vou convidar você e sua família para a festa. Direi que ele terá mais uma oportunidade para ficar próximo da Stefany.

- Combinado! – João concordou na hora.

- Só não comente nada com ele. Vou dizer que vou deixar para convidar você e sua família na última hora, só depois que eu perceber que ele está se esforçando para melhorar!

- Pode contar comigo, Sr. Dan! – João queria falar mais coisas, mas o telefone tocou e o chefe precisou atender.

- Desculpa, João, mas tenho uma reunião marcada para esse horário e eles já chegaram...

- Ah, claro... Também já está na minha hora de voltar ao trabalho. – João se levantou da cadeira e apertou a mão que o chefe tinha estendido para ele.

- Muito obrigado por sua fidelidade e dedicação a mim e a essa empresa, João!

- Eu que tenho a agradecer! – João fez um aceno com a cabeça e saiu. Voltando a sua sala, João torceu para que o plano deles desse certo.

Na semana seguinte, Lucas voltou a trabalhar e estava completamente recuperado. João ficou impressionado com o amor que ele devia sentir por sua filha, pois a aparência dele era normal, nem parecia que ele estava quase entrando em depressão. Como combinado, João não comentou nada sobre a conversa que teve com o Sr. Dan, mas notou que Lucas o tratava diferente, com mais intimidade, como se já o considerasse um amigo, um sogro. E isso deixou João radiante de felicidade. Ele podia conquistar muito mais com esse relacionamento, além de ter certeza de que a filha seria muito feliz, pois estaria com um cara que poderia dar tudo para ela. Assim as duas semanas se passaram, até Lucas bater na porta da sala de João:

- Boa tarde, posso entrar? – Lucas bateu na porta e a entreabriu.

- Claro, Lucas. Fique à vontade. – João parou de fazer tudo na hora para poder dar atenção.

- Bem, é que o meu aniversário é amanhã, então meus pais estão organizando uma festa pra mim no sábado... E eu queria convidar você e toda a sua família!

- Meus parabéns, Lucas! Como é bom fazer aniversário quando ainda se é jovem! – João riu. – Eu agradeço o convite! Nós estaremos lá!

- Se não for muito incômodo, meus pais só precisam ter uma ideia de quantas pessoas vão pra poder mandar os empregados comprarem a quantidade certa... Então se puder me confirmar até amanhã quem vai... – Lucas foi interrompido por João.

- Vamos todos, Lucas! – João sorriu paternalmente para Lucas.

- Todos? – Lucas estava gostando de ver que João estava totalmente envolvido pelo teatrinho.

- Sim! Todos nós! Eu, minha esposa, e minhas filhas Julia e Stefany.

- E os namorados delas? – Lucas tinha batalhado muito para esse plano dar certo. Era essencial que o namorado de Stefany estivesse presente.

- Não precisa...

- Precisa sim! – Lucas interrompeu João tão rapidamente que ele até se assustou. – Desculpa, mas eu faço questão de que os namorados delas estejam presentes. Por favor! Eu te peço isso! Eu quero que elas estejam com os namorados para poderem aproveitar bem a festa. Eu quero ver ela, quero dizer, ELAS se divertindo. – Lucas achava que tinha conseguido convencer João.

- Ok, Lucas! Se é tão importante pra você, eu falarei com elas e te confirmo amanhã. – João torceu ainda mais por aquele relacionamento. Além de ter melhorado por causa de sua filha, Lucas estava convidando Ricardo apenas para vê-la feliz. Lucas era tudo o que um pai podia querer para uma filha.

- Eu vou lá então pra não te atrapalhar que já tá quase na hora de ir embora... – Lucas se levantou da cadeira e, ao fechar a porta da sala de João, deu um sorriso por ter acabado de conseguir mais uma coisa que ele queria.

CAPÍTULO 13

É O QUÊ? – Stefany gritou quando o pai contou que a família tinha sido convidada para a festa de aniversário de Lucas no sábado.

- É isso mesmo que você ouviu! – João encarou a filha. – E exijo que você trate o Lucas muito bem! Ele sempre tratou todos nós com respeito e você não age de forma correta com ele!

- "Com respeito"? –Stefany estava boquiaberta. – Pai, ele é um mentiroso! Ele gastou o dinheiro do pai pra ficar viajando!

- Ele estava estudando! Não era uma viagem qualquer, era um intercâmbio! – João argumentou.

- Não, pai! Eu sei muito bem o que é um intercâmbio e sei muito bem também o que ele me contou que ficou fazendo por lá! Ele só não estudou!

- Stefany, eu não estou entendendo porque você implica tanto com esse rapaz!

- Porque ele é ridículo... – Stefany foi interrompida pelo pai.

- A impressão que dá é que você gosta dele! – João tentou conter o sorriso que ele queria dar.

- O QUÊ? – Stefany falou alto de novo. – Eu gostar de um cara como ele? Pai, você já reparou no Ricardo? Já viu qual é o tipo de homem que eu quero pra minha vida?

- Já! Acho que você deveria pensar melhor a respeito dele... Não sei se ele é o homem ideal pra você. Você pode estar perdendo o seu tempo!

- JOÃO! – Ana interveio. Ela sentia que João estava um pouco estranho com Ricardo nas últimas semanas. No início ele tinha um ciúme normal de pai, mas nos últimos dias ele vinha criticando tudo. Se Ricardo ligasse ou fosse fazer uma visita, João dizia que iria atrapalhar a filha, se Ricardo não ligasse ou não fizesse a visita, João se questionava se ele realmente gostava da filha e se naquele momento ele não estaria com uma outra mulher. Ana fazia de tudo para que a filha não notasse a implicância repentina do pai.

- O que eu falei demais? – João levantou os ombros, se defendendo.

- Isso não é coisa que se diga! Quem tem que saber o que sente é a Stefany!

- Mas nós somos os pais dela. Temos que aconselhar. Só estou dando a minha opinião.

- E o que você prefere, pai? – Stefany falou antes que Ana pudesse argumentar. – Você acha que o Ricardo não é o cara certo pra mim... Quem seria então? Tem algum pretende atualmente que estaria aos seus pés?

- Filha, - João olhou para a filha novamente. – eu entendo que você esteja apaixonada e que ache, neste momento, que nunca mais vai conseguir gostar de outra pessoa, mas você pode não estar vendo tudo o que acontece a sua volta! Ele já tem idade pra morar sozinho, mas não mora ainda por não ter dinheiro suficiente pra comprar uma casa! O trabalho dele não é o tipo de trabalho que vá dar muito dinheiro... Então se vocês se casarem, vocês terão uma vida com muitas restrições! – João percebeu que a filha não estava aceitando nada do que ele dizia, então completou antes que ela pudesse intervir. – Agora, se você se abrisse para novas possibilidades, poderia ter um futuro bem melhor... O Lucas por exemplo. A mulher que se casar com ele terá muita sorte! Vai ter tudo do bom e do melhor, nunca vai precisar se preocupar com dinheiro e vai ser muito amada, pois ele é um homem muito especial!

- Pai, você está bem? – Foi Julia quem perguntou.

- Por que não estaria? – João não entendeu o motivo daquela pergunta.

- Pai, - Stefany disse se aproximando dele. – O Lucas não tem nada de bom! NADA! Eu tenho pena se ele se casar com uma mulher decente... A mulher só vai ter sorte, se ela for do tipo que só casa por dinheiro! Eu agradeço a sua preocupação, mas eu e o Ricardo estamos muito bem! – Se afastando do pai, ela continuou. – Falando nisso, eu tenho que ir agora pro meu quarto pra poder conversar um pouco com o meu namorado!

- Aproveita e convida ele pra festa. O Lucas, de quem você tanto reclama, fez questão que vocês duas levem os seus namorados. – Virando-se para Julia. – Eu nem sei se você tem namorado, mas se tiver me avisa que eu tenho que dar a quantidade certa de pessoas que vão.

- Nós não vamos! – Stefany falou e virou-se para ir para o quarto.

- Você não entendeu! – João aumentou o tom de voz, fazendo sua filha parar na mesma hora. – Vocês dois vão sim! Eu não estou perguntando, estou avisando.

Stefany respirou fundo e foi para o quarto sem dizer nada. Sua vontade era de gritar, espernear e xingar Lucas de todos os nomes possíveis que aparecessem em sua mente, mas o melhor que ela tinha a fazer era parar de discutir. O pai sempre foi muito cabeça-dura, e ele não recuava em nenhuma discussão. Não seria dessa vez que ele iria aceitar o que Stefany estava dizendo, ainda mais por se tratar do filho do querido chefe dele! Ele tinha se encantado por Lucas e nada do que ele fizesse o iria fazer mudar de opinião.

- Tava pensando em você! – Foi assim que Ricardo atendeu o telefone logo após o primeiro toque.

- Pensando bem? – Stefany sorriu ao ouvir a voz do namorado.

- Mais ou menos... Tava com muita saudade, mas já tava ficando chateado com a demora! Por que demorou tanto? Eu já ia ligar, mesmo tendo combinado com você mais cedo que você me ligaria quando acabasse de jantar.

- Eu também tava morrendo de saudade... Mas é que depois da janta meu pai quis conversar com a gente...

- E tá tudo bem?

-Tá. Quero dizer, não é nenhum problema... É só uma situação chata. – Stefany não sabia ainda como iria contar sobre a festa no sábado.

- Que situação chata? – Ricardo deixou transparecer na voz que tinha ficado preocupado, e Stefany não queria ver o namorado preocupado.

- Bem, a gente recebeu um convite pra ir numa festa nesse sábado. Vai a família toda e você também.

- Festa?! – Ricardo pareceu empolgado. – E desde quando festa é uma situação chata?!

- É que a festa é do Lucas... Vai ser na casa do chefe do meu pai...

- O QUÊ? – Ricardo falou tão alto que Stefany precisou tirar o celular do ouvido por um momento. Mesmo assim ela ainda conseguiu ouvir os palavrões que ele estava dizendo do outro lado da linha.

- Ricardo... – Stefany não conseguiu falar, pois ele não deixou.

- Cara, Stefany! Fala sério! Tu tá de brincadeira, né? Pô, teu pai sabe tudo o que esse filhinho de papai aprontou e agora ainda quer que a gente vá nessa festa?! Tu só pode tá brincando! A gente não vai, não!

- Ricardo... A gente não tem escolha. A gente tem que ir. – Stefany foi cortada mais uma vez.

- "Tem que ir"? Como assim, "tem que ir"? Que obrigação é essa que não existe?!

- Ricardo, eu também não tô com a mínima vontade de ir... Mas o meu pai já confirmou, fica complicado não ir agora... Ele é muito grato pela oportunidade que o Sr. Dan dá a ele na empresa e ele se vê na obrigação de aceitar qualquer convite vindo deles!

- Stefany! – Lucas a interrompeu de novo. – Para com isso! Espero que você não acredite nessa palhaçada também! Olha, eu entendo o fato do seu pai ser grato pela ajuda e tal... Mas ele não pode pensar que, por causa disso, ele tem obrigação de aceitar tudo!

Cara, se ele encara dessa forma, como uma dívida, então é porque seu pai tá se deixando ser comprado! É simples! Eles vão aumentando o seu pai de cargo e ele vai acumulando na cabeça dele um monte de dívida! Daqui a pouco vão pedir uma coisa louca pro seu pai, e ele vai aceitar fazer só por causa dessa dívida imaginária que ele criou na cabeça dele! E de qualquer forma, - Stefany tentou falar, mas Ricardo continuou – isso não tem nada a ver com você! Ele te ofereceu uma oportunidade de estágio? Legal! Mas o filho dele está atazanando a sua vida, aliás, a nossa vida! Então, apesar de qualquer coisa que passe na cabeça do seu pai, a gente não tem que passar por isso e a gente não vai se expor dessa maneira!

- Você tá certo! – Stefany sabia que Ricardo tinha razão em tudo o que tinha acabado de desabafar. Ela sempre soube disso, mas tinha chegado a um momento em que não dava mais para fingir que não tinha nenhum problema essas atitudes do pai.

- Meu amor, eu não quero que você fique chateada comigo. Eu só quero o melhor pra você! Pra nós!

- Eu sei! – Stefany sorriu. – Mas o meu pai não vai permitir que a gente deixe de ir a essa festa. Então nós vamos ter que bolar um plano, mas nessa festa a gente não vai! – Stefany se empolgou e falou um pouco mais alto do que esperava. - Sei lá... De repente eu posso dizer que vou aí pra gente resolver alguma coisa e a gente foge!

- Hummm. Gostei! Podemos aproveitar que vamos fugir e casar logo de uma vez! Assim torna a fuga mais normal! – Ricardo estava falando sério, mas Stefany sabia que era brincadeira.

- Bobo! – Stefany riu. – Tô falando sério! Se a gente ficar aí, meu pai pode aparecer e me colocar a força dentro do carro! Mas se a gente for pra um lugar que ele nem imagina, não vai ter como achar a gente e vamos ficar livres da festa!

- É. Acho que é a nossa única opção. E eu vou adorar ter uma história de fuga com você! – Ricardo brincou.

- Combinado, então! Mas me conta, como foi o seu dia?

Stefany e Ricardo ficaram conversando mais um pouco sobre como tinha sido o dia dos dois e estavam felizes por terem encontrado uma forma de não precisar ir à casa do chefe de João para presenciar mais mentiras contadas e vividas por Lucas. Para eles, até sábado, tudo estava resolvido e eles não precisariam se preocupar com nada. O problema, é que justamente na hora em que ela havia se empolgado e falou mais alto que não iriam à festa, João estava passando pelo corredor e parou atrás da porta para saber porque a filha estava falando alto. Sua esperança era a de que ela estivesse terminando com o namorado, mas após ouvir o resto da conversa, ele soube que ela só estava armando um plano para não irem à festa de Lucas. João não ia permitir mais um comportamento inadequado vindo da filha e, por isso, fez menção de entrar no quarto naquele mesmo momento, desligar o telefone e colocar a filha de castigo, mas logo teve uma outra ideia melhor. Eles não iam conseguir colocar o plano deles em prática. João então seguiu para o seu quarto, começando a imaginar o que faria para estragar o plano da filha e aparecer na casa do Sr. Dan com a família completa, exatamente como era o desejo de Lucas.

Os dois dias seguintes se passaram até que sábado chegasse. João colocou o despertador para às seis horas da manhã, já que não sabia em que horário a filha pretendia colocar em prática o plano de fuga. Foi para a sala e ligou a televisão para começar a ver as notícias. Pouco tempo depois, Ana acordou e ficou assistindo à televisão com o marido enquanto esperavam as filhas acordarem para tomar café da manhã juntos. Como eles não conseguiam estar sempre juntos durante a semana, Ana havia combinado com todos que durante os fins de semana, eles tomariam café juntos. Sendo assim, as filhas precisavam acordar aos sábados no máximo às oito e meia. Assim que as duas se sentaram à mesa e começaram a tomar café, João ficou falando sobre como o tempo estava bonito e como ele tinha acordado bem disposto. Ele queria ver se Stefany deixava transparecer qualquer coisa, mas ela ainda estava com sono demais por ter ido dormir muito tarde na noite anterior, estudando para as provas.

- Vai estudar hoje, Stefany? – João perguntou a filha quando ela já estava terminando de tomar o café.

- Hoje não. Eu fiquei até mais tarde ontem pra poder fechar a matéria. – Stefany tomou o último gole de seu café. – Vou aproveitar pra descansar hoje e amanhã dou uma lida no resumo que fiz, só pra ficar tudo fresquinho na minha cabeça pra segunda-feira.

- Que bom! Espero que você consiga fechar o último semestre mantendo as boas notas que você sempre teve.

- Vou sim. Eu fui bem nas primeiras provas e nos trabalhos que eu entreguei ao longo do semestre... Preciso de muito pouco agora.

- É assim que tem que ser! – Ana sempre se orgulhou da responsabilidade de Stefany com relação aos estudos.

- Bem, eu vou deitar mais um pouco pra descansar. Fui dormir muito tarde ontem e ainda estou sonolenta. – O combinado de Ana era que todos tomassem café juntos. Como as filhas reclamaram da hora que deveriam acordar, Ana combinou que elas levantariam para tomar café, lavariam a sua louça e depois poderiam voltar a dormir, se assim quisessem. Stefany sempre perdia o sono, e nunca conseguia voltar a dormir, mas naquele dia ela estava tão cansada, que mesmo o café e a água gelada, que saiu da torneira quando ela foi lavar sua louça, não impediriam que ela dormisse assim que encostasse a cabeça no travesseiro.

- Eu também. – Julia se levantou e foi atrás da irmã para a cozinha. Ao contrário da irmã, Julia sempre voltava para o quarto após o café da manhã. Na maioria das vezes ela ficava vendo televisão, ouvindo música, estudando, ela só não gostava de ficar na sala para evitar que o pai a visse e começasse a compará-la a irmã.

Stefany escovou os dentes e, como havia previsto, caiu no sono poucos segundos após se deitar. Como foi rápido, ela não teve tempo de alterar a hora do despertador, então acordou assustada com o telefone tocando. Ela ainda demorou um tempo para perceber que o toque do telefone era real, e não em seu sonho, por isso quase não conseguiu atender.

- Humm. – Em sua cabeça ela disse "Alô", mas esse tinha sido o som que Ricardo ouviu do outro lado da linha.

- Stefany? Tá tudo bem com você? – Ricardo perguntou.

- Tá! – Ainda sonolenta ela perguntou. – Que horas são?

- Quase uma da tarde.

- O quê? – Stefany sentou na cama, sem acreditar no namorado. Olhou para o relógio digital que ficava em cima de sua mesinha de cabeceira e viu que marcava meio dia e cinquenta e sete.

- Virou a bela adormecida, é? – Ricardo pegou no pé da namorada.

- Engraçadinho... – Stefany esfregou os olhos para ver se ajudava a acordar. – Eu perdi a hora.

- Não tomou café com seus pais hoje? – Ricardo já sabia do combinado da família da namorada. Então, todo sábado, logo após tomar café, Stefany mandava uma mensagem de bom dia para o namorado para ele saber que ela já estava acordada. Assim, quando ele acordava, ele ligava para ela e os dois conversavam um pouco e combinavam como fariam para se encontrar naquele dia.

- Tomei, mas voltei a dormir depois. – Stefany agora estava em pé dando voltas pelo quarto. – Eu fiquei até tarde estudando ontem... Queria fechar a matéria, então nem liguei para o horário. Só que hoje de manhã fiquei quase dormindo em cima do café... Não ia ficar bem durante o dia se não dormisse mais um pouco...

- Que bom que você conseguiu descansar! Vamos poder aproveitar bastante assim! – Após uma pausa em que ouviu sua namorada rir, Ricardo perguntou: - E aí, já decidiu onde vamos brincar de pique-esconde?

- Humm? – Stefany já tinha acordado, mas parecia que seu cérebro ainda estava dormindo.

- Esqueceu que dia é hoje? – Ricardo perguntou do outro lado da linha. – Sábado. Dia que nós vamos fugir pra nos livrarmos de uma festa!

- Nossa! Tinha esquecido completamente dessa festa! – Stefany estava com os olhos arregalados! Ela estava impressionada por ter esquecido. Não que ela tivesse mudado de ideia e agora quisesse ir, mas porque ela não lembrava de o pai ter comentado nada sobre a festa nos dois dias anteriores, o que não era normal. Todos os eventos para os quais João era convidado pelo chefe enjoavam toda a família antes mesmo de acontecerem, pois o pai não parava de falar desde o momento em que era convidado até uma semana após ter acontecido. – Bem, sinceramente, eu não cheguei a pensar em nenhum lugar.

- Tudo bem. – Ricardo parecia feliz com a resposta de Stefany. – Eu pensei em umas opções... Vou fazer uma surpresa pra você então!

- Já gostei! – Stefany ficava cada vez mais apaixonada pelo namorado.

- Vem pra cá às cinco horas, então! Vou começar a arrumar as coisas.

- Te amo! – Stefany falou rápido para poder ser a primeira a falar.

- Também te amo! Tchau!

- Tchau! – Stefany conseguiu responder antes que Ricardo finalizasse a ligação.

Stefany deu mais umas voltas no quarto pensando na surpresa que namorado estava aprontando para ela, e só parou de sonhar acordada quando ouviu uma batida na porta.

- Entra.

- A nossa mãe está chamando pra almoçar. – Julia entrou no quarto.

- Ah, já tô indo! Será que dá tempo de jogar uma água no corpo? – Stefany perguntou mais para ela do que para a irmã, mas mesmo assim a irmã respondeu.

- Acho que sim. Ela tá fazendo a comida sozinha hoje. O nosso pai não tá ajudando em nada.

- Eles brigaram? – Stefany virou-se para a irmã.

- Que eu saiba não. Estava no quarto até pouco tempo atrás... Sabe que não gosto de ficar na sala, né? Ainda mais do jeito que nosso pai está hoje.

- Como assim?

- Ah, ele tá todo estranho. Não sai da sala. Tá parecendo um cão de guarda. Uma hora quando eu estava na cozinha para beber água, ele foi ao banheiro e falou pra nossa mãe que não era para ninguém sair antes que falasse com ele. Muito estranho...

- Estranho mesmo. – Stefany concordou.

- Bem, se você quer jogar uma água é melhor ir logo. – Julia se virou e saiu do quarto da irmã.

Stefany jogou uma água e quando chegou na sala de jantar sua mãe já estava colocando a comida na mesa.

- Conseguiu descansar? – Ana perguntou enquanto voltava a cozinha para pegar a última panela.

- Sim! – Stefany seguiu a mãe para ajudar a pegar as bebidas.

Todos comeram em silêncio para assistirem ao filme que o pai tinha colocado na televisão da sala. Após o almoço, João disse que estava se sentindo um pouco cansado e foi sentar no sofá, o mais próximo da porta. Stefany e Julia ficaram encarregadas de lavar a louça e secar, respectivamente. Na cozinha Julia continuou falando que estava achando o comportamento de João muito estranho, mas Stefany estava perdida em pensamentos imaginando que surpresa a aguardava quando se encontrasse com Ricardo. Ela sabia que tinha que aproveitar muito, pois com certeza ficaria de castigo a partir do dia seguinte! Mas, naquele momento, tudo o que importava para ela era ficar mais tempo com seu namorado e evitar o encontro com Lucas. Quando acabaram de lavar a louça, as duas foram para a sala para terminar de assistir ao filme.

- Filme muito bom. – João falou assim que o filme terminou.

- Também gostei. – Stefany respondeu.

- Bem, nós podíamos assistir a outro. O que vocês acham? Já que está a família toda reunida! – João olhou para a Ana.

- Eu vou adorar! – Ana sempre que podia queria ficar o máximo de tempo com a família toda junta, o pai sabia disso.

- Tudo bem. Não tem mais nada pra fazer mesmo. – Disse Julia.

- Ok. – Stefany estava com medo de perder a hora que combinou com Ricardo, mas ela sempre tentava unir a família também. Se ela fosse a única a querer ir para o quarto, iriam perceber que ela estava armando alguma coisa.

João trocou de canal até encontrar um filme que ia começar em poucos minutos. O filme escolhido era uma comédia, então todos estavam muito descontraídos, brincando, se falando. Stefany por várias vezes riu junto com a irmã e ficou feliz por estar tendo uma relação melhor com ela. Seu pai também estava feliz, e ela não lembra de vê-lo assim há muito tempo, ele vivia sempre estressado com o trabalho, sempre se cobrando para poder se sobressair cada vez mais aos outros funcionários. Foi muito bom terem passado aquele tempo juntos e Stefany demorou um pouco para entender porque se sentiu triste quando o filme acabou.

Já eram quase cinco horas. Ela tinha que tomar banho e se arrumar para poder encontrar com o namorado. A sua maior vontade naquele momento era que ele pudesse estar ali, junto deles, para que todos se divertissem juntos, mas não seria possível. Tudo por causa do Lucas e da obsessão do pai em sempre querer agradar àquela família. Stefany se levantou e avisou que ia tomar banho, mas ninguém falou nada. Ao acabar do banho, ela se arrumou, colocou um casaco dentro da bolsa, caso ficasse frio à noite, e foi para a sala avisar a seus pais que precisaria sair. Quando chegou lá apenas seu pai estava.

- Cadê a minha mãe?

- Foi tomar banho pra poder se arrumar pra festa.

- Eu vou precisar dar uma saidinha, mas logo eu tô de volta.

- Não. – João não olhou para a filha.

- Não o quê? – O pai tinha falado tão rápido, que Stefany chegou a acreditar que ele estivesse se referindo a alguma coisa que tinha visto na televisão.

- Você não vai dar nenhuma saidinha. – João continuou a olhar apenas para a televisão.

- Mas, pai. Eu preciso! – Stefany insistiu.

- Não. Já falei que não! – O pai olhou para Stefany pela primeira vez durante a conversa. – E acho que você já devia começar a se arrumar, não quero chegar atrasado.

- Pai, você não tá entendendo... – Stefany estava começando a ficar preocupada. O pai nunca a tinha impedido de sair de casa daquele jeito. – Eu tenho que ir na casa do Ricardo entregar uma coisa pra ele!

- Você entrega quando ele chegar aqui. Falando nisso, você avisou a ele que quero sair daqui às seis e meia em ponto, não é?

- Pai... – Stefany queria continuar argumentando, mas o seu celular tocou naquela hora e, pela primeira vez na vida, João pegou o celular da filha, e ao ver que era Ricardo atendeu o telefone.

- Boa tarde. – Joao foi seco.

- Ah, boa tarde! Tudo bem? – Ricardo não conseguia entender porque Stefany tinha pedido para o pai dela atender.

- Tudo ótimo. Já está pronto? Não quero me atrasar para a festa.

- Ah, é... Quero dizer, já tô quase. Só falta eu me vestir. Mas será que eu poderia falar com a Stefany?

- Pode sim. É só você chegar aqui que vocês conversarão pessoalmente. – João falava sem tirar os olhos de Stefany, que se esforçava para não deixar transparecer o seu desespero.

- É que era um pouco urgente... – Lucas ia inventar uma desculpa, mas João o interrompeu.

- Olha só. Eu estou sabendo de todo o planinho de vocês de não irem à festa. – Stefany olhou boquiaberta para o pai. – É o seguinte: a Stefany vai a essa festa. Ela vai começar a se arrumar agora e vai muito bonita para o aniversário do Lucas. Se você quiser acompanhar a sua namorada, esteja aqui às seis e meia em ponto, caso contrário, nós iremos sem você. E essa história acaba agora! Quando você chegar aqui não quero ninguém comentando sobre essa ideia maluca que vocês pensaram em ter. – João desligou o telefone, guardou no bolso e mandou Stefany ir se arrumar.

- Pai, como você ficou sabendo? – Stefany não conseguia imaginar uma forma do pai ter descoberto tudo.

- Eu estava passando no corredor e ouvi tudo... – João sentou e voltou a ver televisão.

- Você ficou ouvindo a minha conversa atrás da porta?! – Stefany estava chocada. Dessa vez seu pai tinha passado dos limites.

- A casa é minha, eu faço o que quiser aqui dentro.

- Isso não é justo! Eu não quero ir a essa festa! – Stefany queria chorar, mas a raiva era tanta que nem as lágrimas conseguiam descer.

- Você vai e ponto final. Já mandei você se arrumar.

- Tudo bem. Me dá meu celular. – Stefany estendeu a mão direita para pegar o celular de volta.

- Quando você estiver pronta e bem linda eu devolvo.

Stefany se virou e foi para o seu quarto. Ela sabia que não teria como pegar aquele celular, não teria como escapar da festa, não teria como falar com Ricardo se não ficasse pronta e se ele não aparecesse em uma hora na casa dela.

Stefany já estava vestida com uma camisa branca e uma saia florida que havia comprado para ir à festa de uma amiga da faculdade no início daquele ano. A roupa era linda e deixava o corpo de Stefany ainda mais definido. Ela se olhou no espelho e teve certeza de que estava linda, ela só não queria estar linda naquele momento:

- Esquece isso! – Stefany falou para si mesma enquanto se olhava no espelho. – Pensa que o seu namorado vai estar com você e que você está arrumada assim para ele.

Quando ela já estava se maquiando, ouviu o pai falar na sala e uma outra voz masculina responder. Ela correu para finalizar a maquiagem e calçar os sapatos, pois depois da pequena discussão, ela não queria deixar o pai e o namorado sozinhos, olhando um para a cara do outro. Não levou mais cinco minutos para que ela terminasse de passar o perfume e fosse em direção à sala. Quando chegou lá, Ricardo estava sentado de costas para o corredor, e não percebeu que ela se aproximava. Ao chegar por trás da poltrona onde ele estava sentado, em silêncio, ela colocou a mão no ombro do namorado e disse:

- Boa noite!

- Uau! – Os olhos de Ricardo brilharam. Eles já tinham saído várias vezes, mas como os passeios eram em lugares mais comuns, ele nunca tinha visto Stefany tão arrumada. A vontade foi de pular por cima da poltrona e pegar no colo para rodá-la várias vezes dizendo o quanto ela estava linda e o quanto ele a amava, mas ele se conteve para não fazer isso na frente do sogro, ainda mais depois do que o sogro tinha acabado de descobrir. Sendo assim, ele se conteve em dizer apenas "Uau" e esperar ela dar a volta na poltrona para eles darem um selinho.

- João! – Ana gritou do quarto.

- O que é? – João, também gritando, perguntou da sala.

- Preciso de ajuda pra fechar o meu vestido! – Ana respondeu.

- Ok! – João levantou e olhou para o casal. – Acho bom vocês se comportarem. – João saiu da sala olhando para os dois até não conseguir mais.

- Você está linda! – Ricardo girou a namorada pela mão.

- Obrigada! –Stefany ficou vermelha.

- É sério! – Ricardo arregalou os olhos para poder ver melhor cada centímetro da namorada. – Você é linda! Mas você tá deslumbrante nessa roupa!

- Obrigada! – Stefany estava mais vermelha ainda.

- Não sei não. – Ricardo ficou sério. – Não sei se é uma boa ideia você ir com essa roupa. É o Lucas, né?

- Ei! – Stefany se aproximou de Ricardo e segurou o seu rosto entre as duas mãos. – Você vai estar comigo, do meu lado, o tempo todo. – Stefany deu um beijo no namorado, que retribuiu. – Eu sou só sua!

Ricardo puxou a namorada o máximo que pôde para que os seus corpos ficassem colados um no outro e a beijou ardentemente. O dois sabiam que a qualquer momento alguém podia aparecer na sala, mas eles não conseguiam se desgrudar. A saudade e a vontade eram maiores do que eles, eles não conseguiam e não podiam parar de se beijar.

- Sorte que fui eu! – Julia já estava sentada no sofá. – E aí, tudo bem? – Falou para Ricardo assim que os dois interromperam o beijo, assustados.

- Tudo bem, Julia? – Ricardo se ajeitou e voltou a sentar na poltrona.

- Tudo bem. Não tão bem quanto vocês, mas tudo bem! – Julia estava rindo. Stefany, que tinha se sentado ao lado da irmã, deu uma cotovelada de leve nela e sorriu.

- Então, preparados pra festa? – Julia perguntou enquanto procurava um canal.

- Nem um pouco. – Stefany respondeu desapontada.

-Todos prontos? – João perguntou ao voltar para a sala, seguido de Ana atrás dele. Como ninguém respondeu, ele disse: - Ótimo! Então vamos!

Eles saíram e ninguém falou nada durante a viagem. O único som vinha do rádio, que por estar em um volume tão baixo, algumas vezes ficava difícil escutar a música que estava tocando.

- Chegamos! – João não conseguia conter a felicidade por estar novamente na casa do patrão. Deu a identificação de todos para o porteiro e entrou com o carro. Assim que achou uma vaga, pediu que todos descessem para ele estacionar.

- Preparado? – Stefany perguntou a Ricardo, que não respondeu, apenas respirou fundo, deu um leve sorriso e a beijou na testa.

João se aproximou da família, deu as mãos à esposa e todos andaram pelo jardim. Stefany teve um pressentimento ruim. Naquele momento ela ainda não sabia o que a aguardava.

CAPÍTULO 14

Assim que o Sr. Dan avistou João, seguiu uma linha reta em direção a ele para cumprimentá-lo:
- Meu querido, João! Que prazer! – O Sr. Dan deu tapinhas no ombro de João.
- Nós que agradecemos o convite! – João piscou o olho para o chefe. Como a família inteira estava mais atrás, ninguém viu esse detalhe.
- Você sabe muito bem que sou eu quem tem que agradecer por alguma coisa! – Virando-se para Ana, Sr. Dan a elogiou. – Linda como sempre! – E beijou a mão de Ana.
- Muito obrigada! – Ana falou envergonhada.
- Muito obrigado por ter vindo! – Sr. Dan cumprimentou Julia que sorriu para ele e agradeceu o convite. Virando-se para Stefany, O Sr. Dan disse: - Minha nossa! Stefany! Como você está linda! – O Sr. Dan pegou a mão de Stefany e beijou como tinha feito com Ana. Assim que soltou a mão, Ricardo a pegou e segurou firme. – Devo dizer que provavelmente você é a jovem mais linda dessa festa. – Ricardo fez um som com a garganta, para mostrar que não tinha gostado do elogio feito a namorada, o que chamou a atenção do Sr. Dan para ele. – Você deve ser o namorado de Stefany.
- Ricardo. Sou o namorado dela sim. – Ricardo estendeu a mão que estava livre e apertou forte a de João.
- Sejam muito bem-vindos! Espero que aproveitem tudo o que a festa tem a oferecer. Agora com a licença de vocês vou receber os outros convidados.

- Não gostei do jeito que ele falou com você. – Ricardo disse ao pé do ouvido de Stefany assim que o dono da casa se afastou.

- Eu também não me senti bem. – Stefany olhou constrangida para a direção em que o Sr. Dan estava indo. – De qualquer forma, cadê os meus pais? – João viu alguns colegas de trabalho e levou a esposa para falar com eles. Julia, como sempre, já tinha se afastado e estava em algum canto.

- Ali! – Ricardo avistou os pais de Stefany e apontou para um grupo um pouco à frente de onde estavam. Apesar de terem chegado cedo, a festa já estava bem cheia, e enquanto se desviavam dos convidados para alcançarem João e Ana, um rapaz se colocou na frente de Stefany.

- Fico feliz que vocês tenham aceitado o meu convite. – Lucas estava muito arrumado. Na festa de chegada, ele estava bem vestido, mas dava para perceber um certo desleixo. Naquela noite, ele estava impecável, parecia que tinha comprado uma roupa especial para a sua festa de aniversário.

- Feliz aniversário, Lucas! – Stefany se forçou a dar um sorriso, que apesar de ter saído, ela tinha certeza de que tinha transparecido o desconforto que sentia por estar ali.

- Obrigado. – Lucas se curvou para dar um beijo em Stefany, mas Ricardo a envolveu com o braço e a puxou para perto dele. Lucas riu e encarou Ricardo.

- Sou Ricardo. O NAMORADO da Stefany. – Ricardo fez questão de frisar a palavra "namorado".

- Prazer. – Lucas estendeu a mão para Ricardo que a apertou. O aperto de mão deles foi estranho, foi como se eles estivessem prestes a iniciar uma briga. E isso deixou Stefany ainda mais constrangida. – Obrigado por terem vindo. Espero que aproveitem bastante. – Virando-se para Stefany, Lucas perguntou: - Onde seus pais estão?

- Ali. –Stefany apontou na direção dos pais.

- Que ótimo! Vou falar com eles! – Antes de se virar, Lucas disse olhando diretamente nos olhos de Stefany: - Aproveitem!

Stefany percebeu que tinha alguma coisa estranha. Ricardo também percebeu. Os dois se olharam e tiveram o mesmo pressentimento ruim juntos. Eles sabiam que estavam arriscando muito ao terem ido. Eles sabiam que aquela festa tinha tudo para dar algum problema. Parecendo prever que o tempo que ainda teriam em paz era pouco, Stefany se aproximou de Ricardo, colou sua testa na dele e disse antes de beijá-lo:

- Eu te amo! - Depois disso, eles não conseguiram mais ficar sozinhos.

No início da festa, Stefany e Ricardo ficaram sentados em uma mesa com João e Ana e guardaram um lugar para quando Julia aparecesse. A comida estava deliciosa e as bebidas muito geladas. Eles haviam contratado um DJ que só tocava músicas de sucesso e a pista improvisada estava começando a encher. Quando já estava chegando ao fim da festa, o Sr. Dan se aproximou de João e o convidou para se juntar aos outros homens que estavam no escritório jogando cartas. João aceitou na mesma hora e já havia se levantado quando o Sr. Dan convidou Ricardo também.

- Muito obrigado pelo convite, mas eu não sei jogar carta muito bem. – Ricardo agradeceu.

- Eu faço questão, meu rapaz! – Sr. Dan o olhava fixamente. – Todos os homens estão no escritório. Se não quiser jogar, pelo menos pode ter um papo de homem lá dentro. Vão acabar ficando apenas mulheres aqui fora. – O tom do dono da casa deixou de ser um convite. A impressão era de que o Sr. Dan estava obrigando Ricardo a ir para o escritório, como se ele não pudesse continuar no jardim. Isso incomodou Ricardo e deixou Stefany desesperada.

- Tudo bem, então. – Ricardo aceitou após perceber a pressão de Dan e o olhar que João havia lançado para ele. – Eu já volto! Te amo! – Deu um beijo na namorada e se levantou.

Stefany se sentiu pior do que já estava. A sensação ruim que ela vinha sentido tinha chegado a um ponto que ela não sabia como ia aguentar. Ela queria Ricardo perto dela. Sem ele, ela se sentia mais que sozinha, ela sabia que estava desesperada e indefesa. Stefany tentou se acalmar enquanto viu Ricardo se perder na multidão. Percebendo a preocupação da filha, Ana tentou acalmá-la:

- Fica tranquila, Stefany. Eles não vão fazer nada de errado! Tenha certeza de que só terá homens lá dentro! – Stefany sorriu para a mãe. O problema não eram mulheres. Ela confiava totalmente no namorado apesar do pouco tempo que estavam juntos. O problema era uma outra pessoa.

Enquanto isso, Lucas estava de longe observando tudo. O pai tinha conseguido fazer a parte dele. Agora dependia de Lucas. Na mesma hora em que a porta do escritório se fechou, Lucas sabia que tinha que correr. Ricardo estava desconfiado, e daria um jeito de sair para ir atrás da namorada. Logo, Lucas achou sua mãe e foi em direção a ela:

- Mãe! – Lucas a chamou para se afastar do grupo de mulheres com quem estava conversando. – Meu pai pediu para você ir até a Ana, esposa do João e trazer ela pra conversar com vocês. Mas não chama a filha dela não. A irmã dela tá chamando por ela lá no chafariz. Eu vou levar a Stefany lá.

- Tudo bem. – Na mesma hora Marcia se afastou e Lucas ficou observando a mãe se aproximar de Ana e trazê-la para o grupo de amigas com quem estava conversando.

Tinha chegado a hora. Stefany estava sozinha e a qualquer momento Ricardo podia sair do escritório para procurá-la. Lucas correu até a mesa onde Stefany estava sentada e se aproximou por trás, colocando a mão em seu ombro.

- Não tive a oportunidade de falar o quanto você está linda. – Lucas tinha escolhido Stefany por conveniência e beleza, mas naquela noite, ela estava tão deslumbrante, que ele desconfiava que podia realmente se apaixonar por ela.

- Obrigada. – Stefany, ao ver que era Lucas, se levantou e começou a andar. Lucas atrás dela, sorriu. Stefany ainda não sabia que ela estava fazendo exatamente o que Lucas queria: andando para fugir dele, e ele ia fazer ela andar para longe das pessoas.

- Stefany! Espera! – Lucas andava atrás de Stefany.

- Lucas, a gente não tem nada para conversar! Vai aproveitar a sua festa! – Stefany continuava andando.

- Mas eu quero falar com você! Eu quero me desculpar com você!

- Ok! Desculpas aceitas, pode voltar para os seus convidados agora!

- Stefany! – Lucas correu para alcançá-la, pois ela já estava no lugar ideal para continuar o plano.

- Me deixa, Lucas! – Stefany tentava andar mais rápido, mas o salto na grama estava atrapalhando.

- Me escuta! – Lucas a segurou pelo braço. Por causa do impulso, ele acabou a puxando para próximo dele e ele podia sentir a respiração dela. Lucas não sabia o porquê, mas seu coração estava acelerado.

- Me solta! – Stefany estava revoltada. Ela puxou o braço e se afastou de Lucas.

- Desculpa! – Lucas tentou se recompor e não pensar na sensação estranha que estava sentindo. – Olha, eu só quero me desculpar por ter armado pra gente ficar sozinho no escritório do meu pai. Eu só queria ficar a sós com você.

- Lucas, de uma vez por todas, tenta entender uma coisa: eu não gosto de você! Eu não gosto do tipo de pessoa que você é! Eu não quero e nunca vou ter nenhum tipo de relação com você, porque eu simplesmente desaprovo o modo como você pensa!

- Cara! Eu não tenho culpa de ser rico! – Lucas desabafou.

- E quem disse que o problema é você ser rico?

- Você! – Lucas ficou confuso. – Você falou que tinha nojo de mim por causa do dinheiro!

- Não, Lucas! – Stefany interrompeu. – O problema é o seu modo de pensar! Ser rico, não torna uma pessoa ruim. Mas fazer o que você faz... Mentir pro seu pai que tá fazendo um intercâmbio, quando na verdade não faz nada além de aproveitar a vida? Dizer que quer colocar alguém cuidando da empresa da sua família só porque você não quer trabalhar? Esse tipo de pensamento, Lucas, que torna uma pessoa desprezível.

Lucas não gostou de ouvir aquilo. Não por que achasse que não merecesse, mas porque tinha sido dito por Stefany. Na empresa, Stefany estava com raiva e poderia ter dito tudo aquilo no calor do momento. Só que ali, à noite, ouvindo a água do chafariz ao lado deles, o que ela disse tinha doído. Pela primeira vez ele se arrependeu da forma como agia com relação ao dinheiro.

- Você tá certa! – Lucas falou com todo sentimento e Stefany ergueu as sobrancelhas assustada. – Você é a primeira pessoa que mostra isso com clareza. Obrigado! – Stefany arregalou os olhos. – Sabe, - Lucas se aproximou de Stefany. – eu tô um pouco mudado... – Lucas se aproximou um pouco mais – E eu percebo que é você quem tá fazendo essa mudança – Lucas se aproximou mais e Stefany deu um passo para trás. – Preciso de você pra me tornar uma pessoa melhor. – Lucas chegou em Stefany e trouxe a cabeça dela na direção dele. Matemática simples: Lucas deu três passos para frente, enquanto Stefany deu apenas um para trás. Lucas executou o seu plano, mas, na hora, o beijo, que até então era só um plano, foi uma vontade que ele não conseguiu segurar.

Stefany percebeu que ele estava se aproximando, mas ela estava parada em um lugar onde a grama estava muito fofa e o salto fino do sapato a estava impedindo de se movimentar. Na hora em que Lucas se aproximou dela e a puxou, Stefany tentou sair, mas se desequilibrou. Quando percebeu que Lucas ia tentar beijá-la, ela fechou a boca e tentou virar o rosto o máximo que pôde. Aquilo, na opinião de Stefany, não podia ser considerado um beijo: ele não encostou nos lábios dela e a parte que ele encostou foi mais na bochecha do que na boca que estava escondida. Stefany começou a se mexer para se desvencilhar dos braços de Lucas, mas, como o salto do sapato estava preso e ela já não estava muito equilibrada, ela caiu, e Lucas caiu junto com ela. Stefany se preparou para sentir a grama encostando no corpo enquanto caía, mas ela só sentiu uma pedra encostar na sua perna e, logo depois, ela estava coberta de água.

- Stefany! – Lucas, quando percebeu que iam cair, puxou Stefany para que ela caísse em cima dele. – Tá tudo bem?

- Você tá maluco?! – Stefany tentou se levantar, mas escorregou na água e acabou caindo em cima de Lucas de novo. – Eu tenho namorado! Ele está aqui! E você tem coragem de fazer uma coisa dessas?! – Stefany conseguiu se levantar. – Bem que eu desconfiei que aquele papinho de "sou uma pessoa melhor" era mentira!

- Stefany! Pera aí! Eu não menti quando falei aquilo! – Lucas também já estava em pé e foi atrás de Stefany. – Eu realmente concordei com tudo o que você disse!

- Mas tentou me beijar! E eu tenho namorado! – Stefany estava duplamente revoltada: por causa do beijo e por estar toda molhada.

- Desculpa. – Olhando Stefany de frente, Lucas falou: - Acho melhor a gente ir ao banheiro pra eu te emprestar uma toalha.

- Eu não vou pra lugar nenhum com você! Vou procurar o meu namorado e vamos embora daqui agora! – Stefany se virou e voltou a andar.

- Stefany! – Lucas correu e se colocou na frente dela. – Vai por mim. A sua blusa é branca, ela tá transparente.

Stefany estava tão revoltada que tinha esquecido daquele pequeno detalhe. Ela olhou para baixo e viu que dava para ver o top que ela estava usando por baixo da blusa e a barriga dela toda.

- Droga! – Stefany reclamou.

- Vamos... Só vou te emprestar uma toalha. – Lucas ofereceu novamente.

- Ok. – Stefany não tinha como negar. Não dava para ela aparecer no meio da festa toda molhada e com a blusa transparente.

- Vem por aqui. – Lucas a levou para dentro de casa pela porta de trás. Conseguiram subir as escadas sem que ninguém percebesse e foram direto para o banheiro social. Só que Lucas não achou uma toalha de banho no banheiro social, e a tolha de mão que Stefany tinha usado para tentar secar o cabelo já estava encharcada. – Vem aqui.

Lucas subiu mais um andar e abriu uma porta no final do corredor. Quando Stefany entrou, ela congelou. Eles estavam no quarto dele.

- Você é muito ridículo mesmo! – Stefany se virou e já ia andar quando Lucas apareceu com uma toalha de banho na mão.

- Calma! Olha aqui! – Stefany olhou para trás e o viu estendendo a toalha para ela. – Desculpa, mas eu não achei nenhuma toalha no banheiro social, como você mesma viu... O único lugar onde eu tinha certeza que encontraria toalha rápido era no armário da minha suíte. Não quer ir lá para se secar melhor?

- Obrigada. – Stefany entrou no quarto de Lucas e foi direto para a suíte. Não queria ficar olhando os detalhes para ele não achar que ela estivesse a fim de outra coisa. A única coisa que ela pode perceber era que o quarto era enorme!

Stefany se trancou na suíte para evitar que Lucas perdesse a cabeça de novo e tentasse agarrá-la lá dentro. Ela ficou se olhando no espelho por um momento e ligou a torneira para lavar o rosto. Quando se deu conta, ela estava esfregando a parte onde Lucas tinha tentado beijá-la. Ela respirou fundo, fechou a torneira e se olhou novamente no espelho. Ela não parava de pensar no Ricardo. Ela não queria contar para ele o que tinha acontecido, não queria que ele ficasse com esse fantasma assombrando a cabeça, mas ela tinha que contar, e ela ia contar assim que eles chegassem em casa. Ele confiava nela. Ele ia acreditar que ela evitou o beijo.

Stefany voltou a esfregar a toalha na roupa tentando secar o máximo possível.

Enquanto isso Lucas resolveu trocar de roupa. Como o closet era como se fosse um outro quarto, ele entrou ali sem correr o risco de que ela o visse caso saísse do banheiro e começou a tirar a roupa para colocar uma seca. Ele não conseguia parar de pensar no que sentiu quando eles ficaram tão próximos. Ele tinha escolhido Stefany para se casar com ele por causa da beleza, mas principalmente por ser inteligente e fazer Arquitetura. Não tinha sido por algum sentimento. Só que ele não lembrava de ter sentido nada parecido ao ter ficado tão próximo ou mais de outras mulheres. E, para Lucas, isso era dizer muito, já que ele nunca tinha namorado por gostar de estar sempre trocando de garota. Lucas colocou uma calça jeans e, quando já estava fechando o zíper, ouviu um barulho no quarto. Rapidamente ele pegou qualquer camisa e correu para impedir que Stefany fosse embora sem falar com ele antes. Só que assim que ele chegou no quarto, a porta da suíte ainda estava trancada... O seu pai, João, Ricardo, quase todos os funcionários da empresa e Douglas, amigo de infância de Lucas estavam dentro do quarto. Na mesma hora em que Lucas lembrou do plano, Douglas piscou para ele.

Antes da festa começar, Lucas conversou com Douglas e pediu uma ajuda para pôr em prática um plano que ele tinha armado com o pai. Ele explicou que o pai levaria todos do trabalho para dentro do escritório para jogarem carta, enquanto Lucas ia armar para levar uma garota para o seu quarto. Ele garantiu que o pai estava sabendo de tudo. Douglas só precisava esperar por ele próximo à escada e, quando o visse subindo com a garota, ele deveria dar um tempo e entrar no escritório falando alto que tinha acontecido alguma coisa com ele e com uma menina. O pai se mostraria muito preocupado e iria perguntar onde eles estavam, e Douglas teria que dizer que tinham ido em direção ao quarto dele. O pai daria um jeito de fazer com que todos o seguissem e o plano daria certo.

O problema era que, desde o momento em que Lucas pôde sentir a respiração de Stefany, ele esqueceu do plano. Ele esqueceu de tal forma que não reparou quando passou por Douglas na escada e não lembrou disso quando não achou uma toalha de banho no banheiro social. Ele percebeu que devia ter levado Stefany para outro lugar. Ela nunca mais ia acreditar nele.

- Lucas, por que você trocou de roupa e está sem camisa? Seus convidados estão lá embaixo, o que está fazendo aqui em cima? – O Sr. Dan estava satisfeito que o plano tinha dado certo.

- Pai, por favor, volta pra festa! Confia em mim! Não é nada! – Lucas estava desesperado para que o pai o entendesse, mas ele só viu o pai sorrindo para ele.

- Lucas, meu filho, você me deve ao menos uma explicação. – O Sr. Dan continuava seguindo o plano.

- Pai, - Lucas estava ficando impaciente. – Por favor! Eu tô te pedindo! Volta para festa! Eu já vou!

- Obrigada pela toalha! – Stefany saiu da suíte ainda secando o cabelo e congelou ao ver todos dentro do quarto.

- STEFANY? – João e Ricardo gritaram ao mesmo tempo. Mas Stefany só estava preocupada com um.

- Ricardo! Eu caí dentro do chafariz! – Na hora, Stefany achou que seria a coisa mais inteligente a se dizer. Ela queria deixar claro porque estava molhada, secando os cabelos com uma toalha dentro da suíte do quarto de Lucas, mas quando ela ouviu o que disse, ela teve certeza de que foi a pior frase para aquele momento. – Quero dizer, eu tava andando e o meu salto prendeu e eu caí dentro do chafariz! – Ela tentou se explicar.

- E o Lucas caiu junto? – O Sr. Dan perguntou. Na mesma hora Lucas fechou os olhos e respirou fundo. O pai tinha acabado de dar o xeque-mate, tinha acabado de colocar o ponto final no plano deles, e, apesar de ter sido isso o que Lucas planejou, ele via que Stefany estava sofrendo e ele não queria que ela sofresse.

- Sim. – Lucas tentou inventar uma desculpa. – Eu entrei pra ajudar a Stefany a sair.

- Meu filho, ninguém se afoga em um chafariz com dez centímetros de água de altura. - Sr. Dan olhou firme para Lucas. Ele não entendia porque o filho não estava seguindo o combinado. Ele deveria dizer que eles tinham se beijado.

- Não foi nada disso! – Stefany falou, ainda olhando para Ricardo. Apesar de todos estarem ali, ela só via o namorado. – Ele tentou me beijar e, quando eu fui me desvencilhar, eu me desequilibrei e a gente acabou caindo juntos dentro do chafariz.

Ricardo balançou a cabeça e saiu do quarto. Stefany foi correndo atrás dele, enquanto seu pai chamava por ela. Quando Ricardo já estava descendo as escadas, Stefany conseguiu alcançá-lo e pediu que ele parasse.

- Ricardo, por que você tá fazendo isso? – Stefany estava nervosa.

- "Por quê"? – Ricardo continuou de costas para Stefany. Ele mal conseguia falar.

- Ricardo, eu te contei toda a verdade! – Stefany começou a se explicar, mas Ricardo virou-se para ela e a interrompeu

- "Me contou a verdade"? – Ricardo estava com a voz embargada. – Não, Stefany! Você falou para todo mundo que o Lucas tentou te beijar! Para todo mundo! – Ricardo falou alto.

- Ricardo... Por favor... – Stefany estava chorando.

- Eu preciso de um tempo... A gente precisa de um tempo... – Ricardo falou sem olhar para Stefany.

- Ricardo! Por favor! – Stefany estava inconsolável. Ela não parava de chorar. – Eu te amo! Não foi nada! Eu juro que não teve nada!

Mas Ricardo não quis ouvir. Ele se virou e foi embora.

- Stefany! – Lucas tinha se aproximado de Stefany depois que Ricardo tinha ido embora. Ela chorava tanto que estava no chão. Lucas se abaixou e tentou colocar a mão nas costas dela - Desculpa, eu não queria...

- Não encosta em mim! – Stefany se levantou, ainda chorando. – Não encosta em mim! Eu tenho nojo de você! Você é um mentiroso! Você é baixo! Você é ridículo e eu te odeio por isso!

Julia estava ao pé da escada, quando viu a briga acontecer. Ela não sabia o que tinha acontecido, só sabia que Ricardo tinha terminado com a irmã, a irmã estava xingando o dono da festa e a irmã precisava dela mais do que tudo naquele momento. Julia subiu as escadas e pediu que Lucas se afastasse, desse um tempo para a irmã e as levasse para um lugar mais calmo onde pudessem conversar sem que ninguém atrapalhasse. Lucas Levou para o quarto de hóspedes mais próximo e deixou as duas sozinhas lá dentro. Julia sentou a irmã na cama, que continuava a chorar inconsolável, chamando pelo nome do namorado. A única diferença era que agora ela estava com a cabeça apoiada no colo da irmã, enquanto recebia carinho.

CAPÍTULO 15

Assim que chegaram em casa, Julia foi com a irmã para o quarto, enquanto Ana tentava acalmar João. Apesar do Sr. Dan repetir por várias vezes que estava muito satisfeito que os seus filhos tivessem começado um romance, João não gostou da forma como tinha acontecido. Segunda-feira todos do escritório estariam falando que sua filha estava no quarto de Lucas durante a festa e isso não era nada bom para a imagem dele. Pior ainda foi quando Stefany falou dentro do carro que não tinha e que nunca teria nada com Lucas. Se tendo um romance já seria feio, João sabia que iriam pensar muito pior se não houvesse nada.

Domingo de manhã, Stefany não lembrava de ter dormido, mas também não lembrava de ter ficado acordada. Assim que chegaram em casa, ela tentou ligar para Ricardo inúmeras vezes até que Júlia tomou o celular dela e ainda não tinha devolvido. Quando ela se virou na cama, viu que a irmã estava deitada ao seu lado.

- Julia? – Stefany percebeu que ainda estava com voz de choro.

- O quê? – Julia acordou assustada e se sentou na cama. – Tá tudo bem?

- Calma. – Stefany tentou sorrir para a irmã. – Você dormiu aqui. – Não foi uma pergunta, foi uma constatação, um agradecimento pelo carinho que a irmã teve durante toda a noite.

- É... Foi. – Julia sorriu. – Não podia deixar minha irmã cometer uma loucura!

Stefany tentou sorrir, mas novamente não conseguiu. No resto do domingo, ela ficou trancada em seu quarto, sempre com a irmã ao seu lado. Logo após o almoço, Julia deixou que Stefany mandasse uma mensagem para Ricardo só para saber se ele tinha chegado bem em casa. Ele respondeu que tinha chegado bem, mas que precisava de um tempo e que não queria que eles mantivessem contato durante esse período para que ele pudesse refletir melhor. Julia achou que a irmã fosse ter nova crise de choro, mas apesar de estar muito triste, ela não chorou mais. Ela sabia que tudo o que tinha a fazer era esperar.

Assim chegou segunda-feira e Stefany acordou com o cafuné da mãe.

- Minha filha, acorda! Você tem prova na faculdade.

Depois de tudo o que tinha acontecido, Stefany não lembrava que tinha prova. Ela não sabia como iria fazer para conseguir chegar até a faculdade e depois para fazer a prova. Após muita insistência da mãe, ela levantou, tomou banho e tentou comer uma torrada, mas o máximo que conseguiu engolir foi um pedaço. A mãe então fez com que ela comesse uma fruta e colocou um biscoito dentro da bolsa dela. Quando se despediu da filha na porta de casa, Ana tentou acalmá-la:

- Fica tranquila, minha filha. Tudo vai se resolver! Não adianta se desesperar agora! – Ana deu um beijo na testa da filha e Stefany esperou o elevador chegar.

Stefany conseguiu chegar até a faculdade. Talvez os anos em que teve que pegar os mesmos ônibus todos os dias, tenham programado o cérebro dela para chegar à faculdade no automático. Só que ela não teve a mesma sorte quando o professor colocou a prova na sua frente. Ela tinha estudado tudo, ela sabia a matéria toda, mas ela não conseguiu se concentrar para fazer nenhuma conta. Ela colocou todas as fórmulas e tentou resolver a matemática, mas sabia que não tinha ido bem. Sua sorte é que ela precisava apenas de dois pontos para passar na disciplina. Essa nota, ela acreditava que ia conseguir. Assim que terminou a prova, ela foi direto para casa para descansar, mas ao chegar encontrou uma visita inesperada no portão.

- Oi! – Lucas desencostou do portão.

- O que você tá fazendo aqui? – Stefany olhou para a bolsa enquanto procurava a chave.

- Quero te pedir desculpa. Não era pra ter acontecido aquilo. – Lucas se mostrava arrependido, mas isso não importava para Stefany.

- Eu sei. – Stefany achou a chave e foi em direção ao portão.

- É sério! – Lucas se aproximou de Stefany. – Se eu pudesse voltar atrás eu faria tudo diferente.

- Acredite, eu também. – Stefany falou olhando nos olhos de Lucas.

- Por favor, me deixa recompensar de alguma forma!

- Não tem nada que você possa fazer. Você já estragou tudo. – Stefany colocou a chave no portão e a girou para destrancar.

- Stefany! – Lucas segurou o portão para que ela não entrasse. – Eu sei que foi horrível o que aconteceu e também sei que você e seu namorado brigaram por causa daquilo. Só que você não pode me culpar pelo fim do namoro! – Stefany olhou incrédula para ele. – Eu tô falando sério! – Lucas se defendeu ao ver o olhar de Stefany. – Olha só, você foi super sincera com ele, você mostrou que era leal. Seu pai tentava falar com você e você só se importava em se explicar para o seu namorado. Ele te virou as costas e você correu atrás dele para continuar se explicando! Cara, se ele não confiou em você e quis terminar, foi por causa dele, não pelo o que aconteceu!

Stefany continuava com raiva de Lucas, mas ele tinha falado uma verdade. Ela foi sincera. Ela tentou se explicar desde o início. Ela não escondeu nada do Ricardo. Mesmo assim ele terminou. Mesmo assim ele a deixou aos prantos enquanto ela chamava por ele. Stefany sabia que Ricardo a amava, mas parecia que ele não confiava tanto nela quanto ela confiava nele.

- Não importa, Lucas.

- Sai comigo. – Stefany olhou para Lucas. – Por favor. Me dá uma chance de mostrar que eu não sou o cara nojento que você acha que eu sou!

- Não! – Stefany foi firme.

- Por favor! Eu te imploro! – Lucas tentou tocar em Stefany, mas ela se desvencilhou. – Eu não quero nada! Como amigo! Só pra você me conhecer. Pra gente conversar. Nada além disso! Eu prometo que não vou tentar te beijar... nada!

- Lucas, eu não...

- Por favor! – Lucas estava implorando. Stefany queria se livrar dele.

- Tá bem. Mas sem tentar nada! – Stefany deixou claro.

- Prometo! Nada! – Lucas sorriu. – Posso te pegar na sexta?

- Tá.

- Prefere às sete ou às oito?

- Sete e meia. – Lucas sorriu com a resposta de Stefany. – Agora me deixa entrar que eu tô cansada.

- Sete e meia, então, na sexta! Tchau! – Lucas levantou uma mão e foi em direção a seu carro.

Quando Stefany chegou em casa, ela se jogou na cama e fechou os olhos para tentar não pensar em nada, só que cada vez que ela fechava os olhos, a imagem de Ricardo virando as costas para ela e a mensagem em que ele pedia para que ela não entrasse em contato não paravam de aparecer nitidamente na sua cabeça. Stefany preferiu abrir os olhos e ficou encarando o teto. Pensou no encontro que tinha acabado de ter com Lucas e torceu para que a semana passasse bem devagar para que esse encontro não chegasse nunca. Erro dela. Ela deveria ter lembrado que quanto mais queremos que um dia demore a chegar, ele vem mais rápido do que o normal. Quando ela se deu conta, já era sexta-feira e o interfone já estava tocando.

- Oi. – Stefany atendeu o interfone.

- Sou eu. O Lucas.

- Já tô descendo. – Stefany colocou o interfone no lugar, e se virou, dando de cara com sua irmã.

- Você tem certeza de que vai encontrar com ele?

- É melhor encontrar logo para ele me deixar em paz! – Stefany foi em direção a sala.

- Só não quero que você se machuque mais. – Julia falou.

- Fica tranquila. – Stefany se virou para a irmã e sorriu para ela. – Eu sei me cuidar. Tchau!

Stefany se despediu dos pais, ouviu um "boa sorte" muito animado do pai, e desceu para encontrar com Lucas. Quando chegou na portaria, ele estava do lado de fora do carro esperando por ela.

- Boa noite! - Lucas segurou o portão para ela passar. – Você está linda! Desculpa! – Lucas acrescentou ao ver a cara que Stefany fez ao ouvir o elogio. – Você não tá nada bonita. Tá razoável. Como qualquer outra... Deixa pra lá! – Lucas tentava melhorar, mas Stefany fechava mais a cara cada vez que ele mudava o elogio.

Lucas abriu a porta do carro para Stefany e ela se sentiu um pouco desconfortável por estar em um carro importado que ela nem sabia o nome. Assim que Lucas entrou no carro, ela colocou o cinto e eles foram para o shopping. Ao estacionar, Stefany tirou o cinto e fez menção de abrir a porta, mas Lucas pediu que ela esperasse. Ele deu a volta e abriu a porta para ela.

- Obrigada! – Stefany olhou rapidamente nos olhos de Lucas e se afastou para que ele pudesse fechar a porta.

- Então, tem alguma preferência de restaurante? – Lucas fechou o carro e se aproximou dela.

- Não. Por mim tanto faz. – Stefany realmente não tinha preferência, ela comia de tudo.

- Bem, posso te levar então no meu restaurante favorito?

- Ok! Só espero que não seja o mais caro do shopping! – Stefany retrucou.

- Ei! – Lucas olhou para ela. – Hoje é pra você me conhecer, ver quem eu sou. Dá uma chance!

- Tudo bem. – Stefany não olhou para Lucas, mas percebeu que ele tinha sorrido.

Lucas a levou em um restaurante razoavelmente simples. Não era um dos mais baratos, mas estava longe de ser caro. O restaurante era mais natural, tinha como principal refeição sanduíches lights e hambúrgueres para todos os tipos de gosto e fome. Stefany sorriu ao chegar ao restaurante, enquanto ele foi até a atendente para dar o nome. Quando voltou ele avisou que teriam que esperar um pouco:

- Tem quatro pessoas na nossa frente, mas, como somos só dois, ela disse que vai mais rápido. Pode ser aqui mesmo ou você não quer esperar?

- Não! Tudo bem! A gente espera.

Eles ficaram esperando por aproximadamente cinco minutos. Durante esse tempo houve um silêncio horrível. Lucas queria puxar assunto, mas não sabia sobre o que falar. Era muito estranho ele sempre ter se saído bem com as mulheres, mas ele parecia estar travado ali, completamente sem noção do que fazer e de como agir. Stefany estava desconfortável, ela tinha aceitado o convite, então teria que aguentar, mas ela já sabia muito bem quem o Lucas era, que tipo de pensamentos ele tinha, ele poderia até crescer e mudar um dia, mas não seria no prazo de uma semana. Ela sabia que aquele comportamento era só para impressioná-la. Quando foram chamados, um garçom já esperava por eles e puxou a cadeira para Stefany. Ele entregou o cardápio e se afastou.

- Já tinha vindo aqui antes? – Lucas perguntou o que veio a sua cabeça.

- Já! Uma vez só. – Stefany respondeu arrumando a bolsa na cadeira ao lado.

- Deixa que eu te ajudo. – Lucas puxou a cadeira mais para dentro da mesa, o que Stefany estava com dificuldade de fazer. Só que a bolsa escorregou e ia cair no chão. Na mesma hora ele foi com a mão em direção a bolsa, só que Stefany também teve o mesmo reflexo. Os dois seguraram a bolsa juntos e encostaram um na mão do outro. Lucas olhou para Stefany enquanto sentia a temperatura da mão dela. Estava um pouco gelada. Stefany, por impulso, olhou para Lucas também e viu que ele a olhava profundamente. Na mesma hora ela lembrou de Ricardo e seu coração apertou.

- Já tô segurando. Pode soltar. – Stefany disse ainda olhando para Lucas.

- Ah! – Lucas parecia ter levado um balde de água fria e soltou a bolsa, assim como a mão de Stefany. Ela ajeitou a bolsa na cadeira e começou a ler o cardápio.

- Já escolheu? – Lucas perguntou após alguns minutos.

- Já. Vou pedir esse sanduíche light aqui. De queijo minas e peito de peru.

- Bem, eu vou no hambúrguer! – Lucas fez sinal para o garçom, que se aproximou rapidamente da mesa. Ele fez os pedidos e, novamente, o silêncio voltou a assombrá-los. – Vamos falar de alguma coisa! – Lucas criou coragem para mudar o rumo desastroso do primeiro encontro deles. – Me fala sobre a sua faculdade.

Os dois começaram a conversar. No início, Stefany não estava empolgada para conversar com ele, mas aos poucos ela foi se soltando. Ela contou que estava feliz que já terminaria a faculdade, mas também estava preocupada com o ano seguinte, com a busca de emprego, com a dúvida de começar um mestrado logo após a faculdade ou esperar um pouco mais para descansar a cabeça. E, para a surpresa dela, apesar de Lucas não querer nada da vida, ele se mostrou muito interessado. Ela teve que desconsiderar algumas coisas que Lucas não sabia por ser um mimado que não tinha interesse nenhum na vida, como por exemplo, ele não saber que para passar no mestrado tinha que fazer uma prova antes, e, quando ela respondeu, ele perguntou se então era necessário fazer vestibular de novo. Mas fora isso, eles estavam conversando bem, e continuaram assim durante a janta e depois.

- Então foi isso. – Lucas se recostou na cadeira. Ele estava contando sobre a vida dele e a decisão de fazer um intercâmbio. – Eu não ligo muito pra essa área de engenharia. Meu pai tava me pressionando muito pra eu já começar a cuidar da empresa aos poucos, mas não é isso o que eu quero pra mim...

- Mas o que você quer pra você? – Após ouvir a história de Lucas, ela entendeu um pouco o porquê de ele ser tão do avesso. Sua mãe sempre estava mais preocupada em fazer compras e receber visitas, vivendo como uma dona de casa que não trabalhava em nada dentro da casa. Seu pai só tinha um único interesse: a DanEng. Ele nunca podia comparecer as atividades do filho na escola, nunca tinha tempo para brincar com o filho, estava sempre viajando para lugares onde havia uma DanEng. Lucas sempre se sentiu sozinho e, para compensar, os pais davam tudo para ele: todos os brinquedos que ele queria, depois todas as viagens que ele queria fazer e todos os carros que ele trocava de ano em ano para não enjoar.

- Como assim? – Lucas perguntou, confuso.

- Eu entendo que seus pais tenham errado na sua criação e que a ausência deles tenha feito muita falta pra você, principalmente quando você era criança. Mas a culpa não é só deles... Você já é adulto! Você manda em você agora! É muito fácil chegar agora e dizer que você é mau-caráter – Stefany fez um sinal com a mão quando Lucas abriu a boca para retrucar. – por causa dos seus pais! O que eu quero dizer com "mau-caráter" é que você justifica todos os erros por causa da atitude dos seus pais. Você disse que só inventou esse intercâmbio para não ter que trabalhar na empresa e para gastar o dinheiro dele como ele sempre tinha feito com você. Isso é agir como um mau-caráter. Você tinha que explicar a ele que, infelizmente, não se interessa pela área da empresa do seu pai, e que seria melhor ele colocar uma outra pessoa no comando, que vai cuidar muito melhor da empresa. Mas aí, você, tinha que optar por alguma outra coisa... Sabe? Escolher uma outra área que você gosta e mostrar para o seu pai que você não está deixando de trabalhar por não querer nada da vida. Você só quer trabalhar com outra coisa.

As palavras de Stefany tinham apunhalado Lucas. Ela o entendeu direitinho, como ninguém mais no mundo o havia entendido até aquele dia. Ele realmente tinha se acomodado. Ele sempre teve tudo muito fácil, e para ele, naquele momento, era mais fácil aturar trabalhar na empresa do pai que já estava consolidada no mercado e tinha ótimos funcionários, do que começar do zero e ter que se esforçar para estudar, para fazer uma faculdade que tivesse a ver com ele, para sair à procura de um emprego e depois para ter que levantar cedo todos os dias para trabalhar. Lucas não conseguia se ver levando uma vida dessas, ele não conseguia lutar para ser essa pessoa que ele já sabia que nunca seria. Só uma coisa tinha mudado: ele não queria mais trocar de mulher a cada saída para ter sempre uma novidade. Ele só queria uma. Ele estava ansioso pra pedir a mão dela em casamento, para acordar no seu quarto e vê-la ao seu lado, para ser a mãe dos seus filhos. Ele não queria casar por obrigação, ele queria casar porque, de alguma forma, ele tinha ficado apaixonado.

- Você tem razão. Mas não sei como fazer isso. – Lucas falou desapontado.

- Sai do seu conforto. Começa a ver o mundo como ele realmente é! – Stefany olhou para o relógio. Já passavam das dez horas.

- É melhor eu pedir a conta. – Lucas propôs na esperança de que ela dissesse que estava gostando da conversa e que podiam ficar mais um pouco.

- É melhor.

Lucas, então, fez sinal para o garçom e pediu para fechar a conta. Quando o garçom voltou, Stefany pegou sua bolsa e disse que queria dividir, mas Lucas não deixou. Ele disse que tinha sido um convite e que ninguém dividia um convite. Lucas pegou a carteira que estava no bolso da calça, deu o cartão para o garçom e digitou a senha. Na hora de levantar, o garçom sorriu para Stefany e puxou a cadeira para que ela se levantasse. Ela agradeceu e os dois saíram do restaurante. Chegando do lado de fora, Lucas perguntou se ela gostaria de fazer mais alguma coisa. Ela ficou feliz por o shopping já estar fechado. A conversa não estava tão ruim quanto ela esperava, mas ela não conseguia se sentir confortável perto dele.

- O shopping já fechou e eu tô um pouco cansada. Acho melhor ir pra casa.

- Tudo bem. – Lucas disfarçou, mas não conseguiu esconder o desapontamento.

Eles foram para o guichê de pagamento e Lucas, mais uma vez, não deixou que Stefany pagasse o estacionamento. Ela não insistiu para que ele não entendesse nada errado. Assim que fez o pagamento, Lucas pediu que ela esperasse um pouco para ele poder guardar o dinheiro na carteira e o ticket no bolso. Rapidamente ele fez isso e eles foram em direção ao estacionamento. Como o shopping já tinha fechado e eles pararam em uma área longe do cinema, o estacionamento já estava relativamente vazio. Eles cortaram caminho passando pelas vagas que já estavam vazias e logo chegaram ao carro. Mas Lucas se enrolou porque a chave havia prendido em um fio dentro do bolso de trás da calça dele. Ele tentou tirar, mas sem sucesso. Stefany, vendo que não era mentira, ofereceu ajuda e rapidamente conseguiu puxar a chave para fora do bolso. A linha estava prendendo conforme ele puxava um pouco de lado, mas ela, como estava por trás, conseguiu puxar direto para cima e não teve dificuldade.

- Que papelão, hein? Não consigo nem puxar uma chave do bolso! – Lucas brincou enquanto apertava o alarme do carro e abria a porta para Stefany.

- Acontece! – Stefany riu para Lucas, agradeceu e entrou no carro.

Ele deu partida no carro e os dois foram embora, eles só não sabiam ainda de um detalhe. Poucas vagas atrás, um grupo de amigos também estava saindo do shopping. Um deles ficou reparando no casal que passava pelas vagas livres para irem em direção ao carro. Ele ficou pensando na namorada que tinha acabado de perder, de quem ele sentia muita falta. Ele sabia que ela não tinha culpa de nada do que havia acontecido, mas ele precisava colocar a cabeça no lugar para voltarem a ficar juntos. E ele pensava tanto nela, que ele podia jurar que era ela que estava entrando naquele carro importado.

Quando Stefany riu, Ricardo teve a certeza de que era a namorada dele. E o cara que estava indo para o lado do motorista era Lucas.

CAPÍTULO 16

Lucas não tentou nada ao deixar Stefany em casa. Novamente, ele abriu a porta do carro para ela sair, ela agradeceu o jantar e entrou logo no prédio. Quando ela chegou em casa, foi direto para o seu quarto e se assustou ao ver que Julia estava lá dentro.

- Ai! – Stefany colocou a mão no peito. – Você me assustou!

- Só queria garantir que ia te ver quando você chegasse... Tá tudo bem? – Julia perguntou se sentando na cama.

- Tá. – Stefany foi para perto da irmã e sentou ao lado dela. – Foi tranquilo o jantar. Ele me contou um pouco da história dele....

- E? – Julia perguntou

- E... Eu fiquei com um pouco de pena dele

- Não acredito, Stefany! – Julia ficou revoltada. – Depois de tudo, você vai acreditar na conversa daquele cara?

- Não! – Stefany se defendeu. – Eu só disse que fiquei com pena. Ele foi muito rejeitado pelos pais... Os pais compravam tudo para ele desde criança só para compensarem a ausência por só fazerem compras ou trabalhar... Deve ter sido uma infância muito triste, ele deve ter sido muito sozinho... Mas ainda assim ele continua responsável pelos atos e pensamentos que tem agora, como adulto!

- Ah tá! – Julia se acalmou. – Fiquei preocupada que você caísse na conversa dele. Ele não é o cara certo pra você. Você tem que ficar com o Ricardo. Vocês formam um casal perfeito!

- Obrigada! – Stefany sorriu se lembrando de Ricardo. – Pena que eu acho que ele não vai me perdoar. Já passou uma semana e até agora não tive nenhuma notícia dele!

- Calma! – Julia colocou a mão no ombro da irmã. – Ele precisa de um tempo. Você ainda está abatida, então ele também está! Por mais que ele confiasse em você, imagina ver a namorada saindo da suíte do quarto do rival, na frente da metade dos convidados da festa?

- Isso não tá me ajudando... – Stefany ficou triste.

- Mas não é para ajudar! – Julia levantou da cama. – É só para você entender que em uma semana ele ainda não conseguiu se cicatrizar completamente... Bem, já que você tá bem, eu vou pro meu quarto.

- Obrigada! – Stefany se levantou da cama e deu um abraço na irmã. – Obrigada por tudo!

- Não precisa agradecer. – Julia tinha ficado vermelha. Há muito tempo ela não se dava tão bem com a irmã.

Stefany foi ao banheiro para jogar uma água e quando deitou na cama olhou o celular na esperança de que ele tivesse mandado uma mensagem. Não tinha nada. Ela respirou fundo, se virou para o lado e dormiu.

A semana seguinte se arrastou. Era a penúltima semana de aula e todos estavam ansiosos para receberem os resultados. Stefany sabia que tinha passado em todas as matérias, mas não tinha como ninguém saber como tinha se saído no TCC. Ela não conseguia esconder o nervosismo, e por mais que tivesse torcido para que a última semana chegasse logo, quando ela chegou, Stefany ficou com medo de receber o resultado. Na segunda-feira ela recebeu a nota da prova que tinha ido mal. O professor a chamou em sua mesa e perguntou o que tinha acontecido para a nota dela ter sido tão baixa. Ela explicou que no final de semana anterior teve um problema pessoal e que isso tinha atrapalhado a concentração. Ele disse que entendia e que a sorte dela era ter ido para a última prova sem precisar de muitos pontos. Ela agradeceu pegou a prova e saiu da sala. O resultado do TCC sairia apenas no dia seguinte, ela voltou para casa e passou o dia vendo televisão para tentar distrair a cabeça.

No dia seguinte, ao sair de casa, seus pais desejaram boa sorte. João estava um pouco triste com a filha, pois ela não tinha saído mais com Lucas, mas era o resultado que daria o diploma para a filha, então ele a tratou com carinho. Quando Stefany já estava na faculdade e esperava o professor chegar com o resultado, ouviu o seu celular tocar e viu que era uma mensagem. Rapidamente destravou o celular para poder ler, mas, na esperança de que fosse uma mensagem de Ricardo, ficou tão atordoada que não reparou que vinha de um número que ela não conhecia. Ao abrir, leu:

"Oi! É o Lucas! Seu pai contou q o resultado do TCC sai hj. Pedi seu num. p/ ele pra poder t mandar essa msg. Boa sorte! Bjs!"

Stefany bloqueou a tela e guardou o celular na bolsa. Tinha sido muito legal da parte de Lucas mandar uma mensagem para ela, mas ela não estava com cabeça para responder a ninguém naquela hora. Ela esperou por mais alguns minutos até o professor entrar na sala.

- Stefany! Já está aqui? – O professor perguntou ao entrar na sala. Ele foi direto para a mesa e começou a arrumar as coisas dele.

- É... Tô ansiosa! – Stefany sorriu.

- Imagino! – O professor começou a tirar os trabalhos de dentro de uma bolsa. – Só vou pedir um minuto pra eu me organizar aqui. Assim que eu ajeitar tudo eu te entrego o seu trabalho.

- Tudo bem! – Stefany respirou fundo tentando conter a ansiedade que tinha aumentado ainda mais.

- Stefany! – Não demorou muito e o professor a chamou. – Está aqui o seu trabalho!

Ela estava com medo de pegar e ver a nota. Olhou para o professor, mas ele não demonstrava nenhuma expressão facial que pudesse dar uma dica de como ela tinha ido. Calmamente, ela levantou da cadeira e sentiu suas pernas bambas. Foi até a mesa do professor e estendeu a mão para pegar o trabalho. Assim que tinha o trabalho bem seguro em suas mãos, ela o virou e viu a nota bem grande: nove e meio. Ela tinha passado, e tinha sido muito bem!

- Parabéns Stefany! – O professor estava sorrindo para ela.

- Obrigada, professor! – Stefany sorriu de volta, foi para a sua mesa, pegou a sua bolsa e saiu correndo pelo corredor. Ela estava muito feliz. Finalmente tinha chegado o dia! Ela havia terminado a graduação. Agora ela só voltaria lá para fazer mestrado. Na mesma hora ela pegou o celular e ligou para a sua mãe. Ana ficou emocionada do outro lado da linha e começou a falar para todos do trabalho que a filha tinha tirado nove e meio no TCC. As duas ainda se falaram um pouco até que Stefany desligou para poder dar a notícia ao pai. João ficou feliz e disse que ele sempre tinha confiado no potencial de Stefany. Deu os parabéns e desejou sorte na nova fase em que a filha entraria. Ela agradeceu e pediu para desligar para poder ligar para a irmã. As duas estavam se dando muito bem, não seria justo a irmã não ficar sabendo do resultado por ela própria. Julia já atendeu o celular perguntando qual tinha sido o resultado. Stefany sorriu por ver a preocupação da irmã e ficou feliz por ter ligado antes que a mãe já tivesse contado a novidade. Julia vibrou do outro lado da linha quando a irmã deu a boa notícia. Mas o que deixou Stefany ainda mais feliz foi quando Julia disse que elas iriam comemorar. Stefany desligou para poder pegar o ônibus e combinou que assim que a irmã chegasse em casa elas combinariam o que fazer.

Ao chegar em casa, Stefany se jogou no sofá e pegou o celular. Não tinha nenhuma mensagem nova e nenhuma ligação perdida. Ela sabia que Ricardo ainda precisava de um tempo, mas ele tinha feito parte desse pedaço de história dela. Se ele não quisesse ler a mensagem, o problema era dele, mas ela ia contar a novidade para ele. Sendo assim ela escreveu:

"Sei q vc ñ quer falar cmg ainda, mas recebi o resultado do TCC hj... 9,5! Só queria mt q vc soubesse disso. Vc fez parte dessa conquista. Saudade! Bjs!"

Antes de enviar ela ficou em dúvida se deixava a palavra "saudade". Ela preferia ser sincera, então enviou a mensagem do jeito que estava. Quando a mensagem foi enviada, apareceu a tela com as mensagens recebidas, e logo ela viu a de Lucas. Ela achou que era educado responder, então clicou na mensagem e digitou:

"Obg! Tirei 9,5! Passei!"

Ela colocou o celular ao lado e ligou a televisão. Não tinha passado nem um minuto e ouviu o celular tocar. Ela atendeu correndo, pois só podia ser o Ricardo ligando para conversar com ela.

- Alô! – Stefany estava eufórica.

- Parabéns! – Lucas falou do outro lado da linha.

- Obrigada! – Stefany não conseguiu esconder completamente o desapontamento.

- Tô atrapalhando? – Lucas percebeu o tom de voz de Stefany.

- Não! Tô em casa. Tá tudo bem! - Stefany não queria parecer mal-educada.

- Ah tá! Bem... na verdade eu já tava sabendo... Seu pai meio que saiu gritando do escritório e chorando... Sabe, o pessoal ficou assustado! Demorou até alguém entender que foi porque a filha tinha passado com nove e meio no TCC! – Lucas riu.

- Ai!! Não acredito que meu pai fez isso!! – Stefany colocou a mão livre no rosto.

- Tá tranquilo! Não esquenta! – Lucas a acalmou. – Todo mundo entendeu a emoção dele e te mandou os parabéns. – Após uma pausa. – Eu só liguei mesmo porque eu queria te dar os parabéns.

- Obrigada! – Stefany levantou uma sobrancelha.

- Eu quero te ver! – Lucas mudou o tom de voz. Ele não estava pedindo... Estava implorando.

- Hummm... – Stefany não sabia o que responder.

- Por favor, Stefany! – Lucas pediu. – Por favor! Que nem naquele dia! Eu prometo que não tento nada! Eu só quero te ver!

- Lucas, eu não sei se é uma boa ideia... – Stefany tentou argumentar.

- Eu te imploro! Eu preciso te ver! Eu não consigo mais fingir que tá tudo bem ficando esse tempo todo sem falar com você.

- Lucas, desculpa mesmo... Mas não dá! A gente não tem nada e nunca vai ter! Eu já te falei isso! Então... Não é legal a gente ficar se encontrando. Desculpa mesmo! Tchau!

Stefany desligou o telefone sem deixar que Lucas pudesse se despedir. Ela não sabia o que estava acontecendo, mas ele só podia estar ficando maluco. Ela verificou o celular, mas Ricardo ainda não tinha respondido. "Responde, Ricardo!", Stefany pensou enquanto procurava um programa para assistir na televisão.

Enquanto isso, Lucas colocou o celular na mesa, encostou a testa em cima do contrato que o pai tinha pedido para ele verificar, e colocou as mãos na nuca. Ele estava desesperado. O pai vinha cobrando dele uma atitude, mas ele não queria que ela se casasse forçada com ele. Ele precisava de tempo para poder conquistá-la.

- Você pode me explicar o que significa isso? – O Sr. Dan, tinha entrado silenciosamente na sala e ouviu o filho implorando para poder sair com Stefany. Lucas levantou a cabeça e virou o corpo para poder ver o pai. – Desde quando gente como nós se rebaixa por outros? – O Sr. Dan estava irritado.

- Pai! – Lucas tentou se explicar, mas nada do que dissesse o pai iria compreender.

- Não me venha com explicações, Lucas! – O Sr. Dan se aproximou da mesa e sentou em sua cadeira. – Já estou cansado de suas enrolações. Você montou um plano ótimo na sua cabeça... Um plano que estava dando certo! A essa altura você já deveria estar com o casamento marcado se não tivesse se apaixonado no meio do caminho. E, antes que você me pergunte, não tem problema nenhum em se apaixonar! O grande problema aqui é você continuar do mesmo jeito que estava antes!

- Eu não tenho o que discutir! – Lucas se levantou. – Só me deixar resolver tudo! Não estraga como você fez na minha festa!

- Eu só estava seguindo o plano que VOCÊ montou! – Sr. Dan apontou para o filho, como se o estivesse acusando.

- É! Mas na hora eu pedi pra você parar! Você sabia que na hora eu não queria que aquilo tivesse acontecido!

- Se eu não tivesse feito, agora a situação estaria bem pior!

- Tenho que esfriar a minha cabeça! Tchau! – Lucas saiu do escritório sem olhar para trás.

O Sr. Dan sabia que teria que tomar uma atitude por conta própria. Deu um tempo para garantir que Lucas já tivesse saído da empresa e ligou para João pedindo que ele fosse ao seu escritório. Não demorou muito, e a secretária já estava anunciando a chegada de João. O Sr. Dan o liberou, se ajeitou na cadeira e mandou João entrar quando ele bateu na porta.

- Bom dia, João!

- Bom dia, Sr. Dan! Como o senhor está? – João apertou a mão que o chefe tinha estendido para ele.

- Muito bem, mas com certeza você está melhor! O Lucas me contou sobre a novidade da Stefany! Meus parabéns!

- Muito obrigado, Sr. Dan! Estou muito orgulhoso da minha filha! – João não conseguia conter a felicidade.

- Imagino! Chega uma hora na vida em que nossos filhos nos dão mais orgulho do que nós mesmos!

- É verdade. – João se sentiu depreciado ao ouvir aquilo.

- Por isso você é um homem de muita sorte! – Sr. Dan já tinha percebido que João já tinha mordido a isca. – Você está tendo um grande orgulho através da sua filha, e terá a oportunidade de ter um orgulho maior por si mesmo!

- O que o senhor quer dizer com isso? – João não entendia o que o chefe queria dizer.

- Bem, João, eu tenho uma proposta irrecusável pra te fazer! É uma daquelas oportunidades únicas que temos em nossa vida! – Sr. Dan fez uma pausa para poder causar um pouco de suspense, antes de fazer a proposta. – Eu tenho um cargo pra te oferecer. Na verdade, é o cargo que você sempre sonhou alcançar aqui dentro da empresa. Eu gostaria de te convidar para ser o Gerente Geral desta empresa.

- O quê? – João não podia acreditar no que estava ouvindo. Por anos ele havia sonhado com aquela posição, mas ela estava guardada para quando Lucas começasse a assumir a empresa. Como Sr. Dan estava todos os dias na empresa, além de ser diretor ele já agia como um Gerente Geral, já que os outros gerentes tinham mais autonomia para levar a ele apenas os casos mais importantes.

- É isso mesmo que você ouviu! – Sr. Dan repetiu. – Quero que você seja o Gerente Geral.

- Nossa, Sr. Dan! Isso é o meu sonho! Sempre foi! Mas eu nunca pensei que conseguiria! – João estava perplexo.

- Como eu disse, você é um homem de sorte! – O chefe sorriu para ele.

- É claro que eu aceito! O que eu preciso fazer? – João perguntou entusiasmado.

- Então... Para assumir esse cargo nós só precisamos fazer uma coisa bem simples. – Sr. Dan começou. – Como você sabe, esse cargo de Gerente Geral é para alguém que tenha parentesco familiar aqui na empresa, coisa que você ainda não tem. Basta resolvermos esta questão que o cargo será seu!

- Não entendi... Como isso poderia ser feito? – João estava triste ao perceber que era algo impossível.

- É bem simples. Nós sabemos que nossos filhos estão de caso. Inclusive já se beijaram na festa dele e não sabemos o que eles podem ter feito dentro do quarto antes de nós chegarmos. – João se sentiu envergonhado. Ele ainda não tinha perdoado a filha por fazê-lo passar por tamanha vergonha. – Só precisamos dar um empurrão.

- Que tipo de empurrão? – João se mostrou curioso.

- Faça a sua filha se casar com o meu filho, que o cargo será seu. – Sr. Dan foi direto para que houvessem dúvidas.

— CASAR? — João falou um pouco mais alto do que esperava. Baixando novamente o tom, ele continuou. — Mas ela ainda é muito nova para casar...

— Será, João? Antigamente as mulheres casavam muito mais cedo! E ela já é formada, está no início da vida. Não há época melhor para começar a se construir uma família. Quanto aos filhos, por exemplo, não é bom que as mulheres tenham filhos muito tarde. — Após uma pausa, Sr. Dan completou. — Sem falar que eles se gostam de verdade. Dá para ver nos olhos deles.

João ficou pensativo. Ele percebia que algumas pessoas ainda comentavam sobre o que tinha acontecido na festa de Lucas e o que piorava os comentários é que os dois não estavam namorando. João também via que Lucas sentia uma paixão por Stefany, mas ele não percebia o mesmo da filha. Por várias vezes ele tinha tentado convencê-la a chamar Lucas para sair, mas ela sempre dizia que não gostava dele, que não o achava uma boa pessoa. Ia ser difícil fazê-la aceitar se casar com ele. Por outro lado, João tinha em suas mãos a chance de ter o emprego que sempre sonhou. Ele não poderia deixar aquela chance escapar. Ainda mais que a filha seria muito feliz. Ela teria tudo o que quisesse.

— Eu aceito! — João respondeu sem mostrar dúvidas. — Eu faço muito gosto dessa união.

— Que ótimo! — O Sr. Dan levantou e apertou a mão de João, que também havia se levantado, por cima da mesa. — Temos um acordo!

— Temos sim! — João concordou.

— Fico aguardando o comunicado deles então! — O Sr. Dan já tinha se sentado novamente e começado a escrever em um bloco.

— Tudo bem. — João falou sem graça. — Até mais! — João saiu da sala sem ouvir uma resposta do chefe, mas ele não se importou, afinal, em pouquíssimo tempo ele seria Gerente Geral.

À noite, Ana preparou um jantar especial para comemorarem a formatura de Stefany e, por algumas vezes, João tentou conversar sobre Lucas com a filha.

- Pai, porque você fala tanto nesse cara? – Julia perguntou inconformada com a obsessão do pai por esse assunto.

- Eu gosto muito dele. E ele gosta muito da sua irmã também. – João olhou para Stefany.

- Pai, eu já te falei que ele não presta! – Stefany já estava cansada de tanto repetir essa frase.

- Tem certeza? – João perguntou. – Vocês conversaram muito pouco! Que eu me lembre você gostou da impressão dele da última vez que se encontraram.

- Não confunde! – Stefany olhou para o pai. – É bem diferente gostar de alguém e ter uma impressão menos pior. O que eu falei para você foi a segunda opção!

- Ele é muito educado e te trata muito bem! Assim que ele soube que você receberia o resultado final da prova de hoje, ele me implorou que eu desse o seu número de celular para que ele pudesse te desejar boa sorte!

- Eu sei pai! Eu recebi a mensagem dele! – Stefany revirou os olhos.

- Duvido que aquele tal de Ricardo tenha se preocupado com você!

- João! – Ana chamou a atenção do marido.

- O que eu falei demais? – João se defendeu. – Eles eram namorados, ele ficava pendurado aqui em casa o tempo inteiro enquanto a Stefany estava estudando e fazendo esse trabalho! Será que ela era tão pouco importante pra ele que nem merecia uma mensagem de boa sorte?

- João! – Ana foi mais incisiva. – Para com isso agora!

- Não, pai. Ele não me mandou nenhuma mensagem. – Stefany respondeu triste.

- Viu só? – João olhou para a esposa como se estivesse fazendo a coisa certa. – Eu disse que não achava aquele cara uma boa pessoa! Falei várias vezes, mas vocês não me deram ouvidos! Se ela estivesse com o Lucas, ele estaria aqui agora com ela!

- Desculpa, mas eu tô com um pouco de dor de cabeça... Eu vou deitar. – Virando-se para a mãe, Stefany completou. – Obrigada pelo jantar mãe. Estava delicioso! – Stefany afastou a cadeira e foi para o quarto.

Na sala, Ana chamou a atenção do marido e pediu que ele nunca mais falasse daquela forma sobre Ricardo. Ele disse que não via problemas, mas que ia se desculpar com Stefany. Com medo de que piorasse a situação ainda mais, Ana não deixou. Explicou que era melhor deixar a filha sozinha e que amanhã eles conversavam. Julia foi ajudar os pais a lavar a louça e, antes de entrar no seu quarto, bateu na porta do quarto da irmã. Como não teve resposta, Julia falou baixinho o seu nome e Stefany a mandou entrar.

- Eu não sei o que o nosso pai vê no Lucas! – Stefany desabafou antes mesmo de Julia ter fechado a porta.

- Dinheiro. – Julia foi para perto da irmã. – É isso o que ele vê no Lucas.

- Mas sabe... Numa coisa ele tem razão. O Lucas tem me tratado muito melhor do que o Ricardo. É sério! – Stefany falou isso porque Julia já tinha aberto a boca para argumentar. – Ele me tratou muito bem naquele dia em que jantamos juntos... E hoje ele mandou mensagem antes do resultado e depois me ligou! O Ricardo não deu nem sinal!

- Stefany, o Ricardo pode ter esquecido! Ele trabalha também, né? Vai ver que ele não lembrava que era hoje. – Julia tentou defender Ricardo.

- Não, Julia! – Stefany olhou para o celular que estava em cima da mesa de cabeceira. – Eu mandei mensagem para ele assim que cheguei em casa. Ele não respondeu até agora!

- Ah... – Julia ficou sem ter o que falar.

- Acabou mesmo. Não é só um tempo que ele quer. Ele não vai me perdoar.

- Olha, eu acho que você pode estar se precipitando... Se eu fosse você eu daria mais um tempinho pra ele... Esperava até amanhã pra ver se ele não vai responder mesmo.

- Pode ser... Tanto faz. – Stefany já estava sem esperança.

- Bem, não vou ficar de papo que a nossa mãe pediu pra gente te deixar sozinha descansando. Se ela me pegar aqui, vou levar bronca! – As duas riram. – Qualquer coisa sabe onde me encontrar.

- Obrigada! Boa noite.

- Boa noite!

Stefany não estava com sono, mas fingiu que estava dormindo quando percebeu que alguém estava abrindo a porta. Se fosse a irmã, ela teria anunciado o nome antes de abrir a porta, mas como Stefany não queria continuar ouvindo o pai falando sobre Lucas, ela preferiu fingir que estava dormindo. Ela ficou assim por mais um tempo até ouvir o celular vibrar em cima da mesinha. Ela não estava com vontade de ler mais uma mensagem de Lucas, mas uma voz no fundo da sua cabeça ficou a incentivando a ler o que tinha recebido. Cansada de lutar contra seus próprios pensamentos, Stefany pegou o celular, desbloqueou a tela e leu que tinha uma nova mensagem de Ricardo. Na mesma hora ela sentou na cama e, com a mão tremendo um pouco, clicou em cima da mensagem:

"Parabéns! Sabia q vc ia conseguir. Vida nova agora. Se bem que vc já tá seguindo c/ a sua."

Stefany releu a mensagem várias vezes para tentar entender o que ele queria dizer com relação a ela estar vivendo a vida dela. Ela não tinha feito nada demais. Não tinha nem saído com os amigos do prédio. O que Ricardo poderia estar pensando para falar uma coisa daquelas. Ela decidiu responder à mensagem:

"Obg! Mas ñ entendi o q vc quis dizer... Como tô seguindo c/ a minha vida? Vc pediu um tempo. Tô esperando vc: o meu namorado!"

Stefany ficou olhando para o celular na esperança de que a resposta viesse logo, mas ela demorou um pouco. Quando ela já estava quase pegando no sono, o celular vibrou na sua mão.

"Qual namorado? Eu ou o Lucas? Ñ sou o tipo de cara q divide namorada ñ. Agr vou dormir, ñ manda mais msg."

Stefany ficou chocada. O Ricardo só podia estar maluco para ter falado uma coisa daquelas. Ela não entendia como ele não tinha acreditado em nada do que ela tinha falado. Ela não mentiu. Ela contou toda a verdade para ele! Ele estava sendo muito injusto em ainda puni-la por uma situação que ela não teve culpa nenhuma. Stefany colocou o celular na mesinha e segurou o choro. Parecia que o pai estava certo, tudo indicava que Ricardo não gostava de verdade dela.

CAPÍTULO 17

Sábado chegou e todos estavam se arrumando para a festa de formatura. Stefany tinha se segurado no resto da semana para não mandar nenhuma mensagem para Ricardo, mas ainda tinha um fio de esperança de que ele mandasse uma mensagem de desculpa. João reclamou da hora que Ana e as filhas chegaram do salão, pois ele teria que correr para não chegarem atrasados. Ana explicou que nem sempre eram atendidas no horário e que a culpa não tinha sido delas. Cada uma foi para o seu quarto se vestir, e assim que Ana se aprontou, ela passou no quarto de Stefany para ver se a filha precisava de uma ajuda.

Stefany tinha escolhido um vestido preto com canutilhos pretos que davam um leve brilho quando a luz refletia. A maioria de suas amigas iam com cores, vermelho e azul, principalmente. Mas quando Stefany viu aquele vestido ela sabia que tinha que ser ele e, quando experimentou, teve ainda mais certeza. Sua mãe tinha gostado muito, mas ainda fez a filha experimentar outros mais claros, mas Stefany optou pelo pretinho básico.

- Você está linda! – Ana se aproximou da filha. – Precisa de alguma ajuda?

- Acho que não... Só confere se tá tudo certinho aí atrás! – Stefany virou de costas para a mãe.

Ana ajeitou a parte de baixo do vestido que era cheia de camadas bem fininhas que davam grande leveza na hora de andar e terminou de fechar o zíper na parte de cima. Quando ela finalizou, as duas foram para a sala, onde João e Julia já estavam prontos, esperando.

Os dois elogiaram a roupa de Stefany, mas João voltou a apressá-los para que fossem logo.

Assim que chegaram à casa de festa, a família procurou uma mesa um pouco afastada da pista de dança por causa do som alto e deu sorte de encontrar uma perto do jardim. A mesa era redonda e tinha dez cadeiras. João colocou Ana no seu lado direito, Julia ao lado da mãe e aconselhou Stefany a ficar ao lado de Julia para que ficasse mais fácil de cumprimentar os colegas que fossem falar com ela. Stefany achou que a ideia do pai era boa, mas, na verdade, era tudo um plano para o que estava prestes a acontecer.

Não demorou muito, João se levantou dizendo que ia ao banheiro, mas demorou mais do que o esperado. Quando ele voltou, não estava sozinho. Atrás dele estavam o Sr. Dan, sua esposa e Lucas. Stefany abriu a boca ao vê-los. Era necessário convite para entrar, e João, que tinha pago a formatura da filha, só tinha comprado quatro convites por causa do preço. Não era possível que tivessem deixado entrar pessoas extras naquela hora. Ana, educada como sempre, se levantou e foi cumprimentar os convidados. Julia e Stefany estavam tão abismadas com a situação, que continuaram paradas olhando para todos, até João lançar um olhar de desaprovação por ainda não terem ido cumprimentá-los. Conforme levantaram, Julia disse:

- O nosso pai tá aprontando alguma. Se prepara! – Ela foi direto em direção ao Sr. Dan, depois Marcia e, por último, Lucas, lançando um olhar mal-humorado a ele.

- Parabéns, minha filha! Você é uma menina de ouro! – Sr. Dan a abraçou.

- Obrigada! – Stefany tentou soar simpática.

- Parabéns, Stefany! – Marcia deu um abraço rápido e abriu espaço para o filho se aproximar.

- Bem, já te dei parabéns por telefone, mas pessoalmente vale mais, né? – Lucas chegou próximo de Stefany que sentiu medo de que ele tentasse alguma coisa. Percebendo o constrangimento,

Lucas a abraçou rápido e entregou um embrulho de uma loja de joias para ela. – Esse é o nosso presente!

- Nossa! – Stefany estava assustada. Ela sabia que aquela era uma loja caríssima. – Não precisava!

- Precisava sim! – Lucas respondeu. – Abre! Espero que goste! Fui eu que escolhi.

Stefany tentou não levar para um lado em que ela não gostaria de ter sido Lucas a escolher. Aquela atitude poderia demonstrar carinho, mas também poderia demonstrar que ele ainda tinha esperança de um dia ela dar uma chance a ele. Stefany abriu e ficou sem palavras. Dentro da caixinha tinha um cordão com brincos ouro. Os brincos eram um fio de ouro fino e uma pedra azul na ponta em forma de gota. O cordão era fino que nem o fio do brinco e tinha uma gota maior como pingente.

- É safira azul. A pedra de Arquitetura. Eu pesquisei na internet. – Lucas explicou.

- Nossa! Lucas! É lindo! Muito mesmo! – Stefany estava sem graça com o presente. – Mas eu não posso aceitar! Desculpa! Isso é muito caro! Não é só um presente de formatura!

- Stefany! – Lucas falou sério. – Não faça uma desfeita dessas! Se a minha família não tivesse dinheiro e te desse um cartão, você iria dizer que não precisava, mas aceitaria o cartão, sabendo que era o que eles podiam te dar. Pensa a mesma coisa com relação a esse presente. Cada peça do conjunto é para representar um de nós.

Stefany olhou para a caixa para tentar entender o que Lucas quis dizer. Ela só via o cordão e os brincos. Ela sorriu. No total, realmente tinham três peças, a diferença era que, normalmente, um lado só do brinco não era contado como uma peça! De qualquer forma, aquilo devia ter sido muito caro, e ela preferiu não comentar nada para evitar que pudessem entender errado.

- Bem, obrigada mais uma vez! Eu não sei nem como agradecer! – Stefany ficou vermelha. – Bem, vamos sentar?

- Claro! – Lucas correu e puxou a cadeira para que Stefany se sentasse.

- Obrigada! – Stefany agradeceu olhando para Lucas.

- Você se importa se eu sentar do seu lado? – Lucas perguntou com a mão na cadeira vazia ao lado de Stefany.

- Não! Claro que não! – Stefany sentiu o olhar que Julia tinha lançado a ela, mas depois de ganhar um presente daqueles, ela não podia impedir que ele sentasse na cadeira que estava vazia.

Stefany tentou conversar o tempo todo com Julia e sua mãe, para evitar que Lucas tivesse a chance de puxar papo. Ela percebeu que seu pai lançava alguns olhares reprovando essa atitude, mas ela não achava justo dar falsas esperanças a ele. Após cerca de uma hora usando essa tática, João se levantou e chamou Stefany dizendo que gostaria de mostrar alguma coisa para a filha. Ele a levou para o jardim, de onde ninguém da mesa pudesse ver os dois conversando e começou a brigar com ela.

- Que comportamento é esse? – João estava chateado, mas falava baixo. – Eu sempre esperei um comportamento assim da sua irmã, mas de você? Onde foi parar aquela menina meiga e educada que eu criei? Olha aqui Stefany, ou você melhora esse comportamento a partir de agora ou você vai acabar com a nossa família!

- Pai, você tá exagerando! – Stefany estava assustada com a raiva do pai.

- Não estou não! Você está sendo mal falada na empresa onde trabalho, porque vários funcionários viram você dentro do quarto do Lucas no aniversário dele!

- Eu já expliquei o que aconteceu... – Stefany tentou argumentar, mas o pai a cortou.

- Se vocês estivessem namorando, seria ruim, mas com certeza seria menos pior! Depois você saiu para jantar com ele e nunca mais deu notícias, não quis sair mais! Não deu nem o número do seu telefone! Que tipo de mulher você pretende se tornar?!

- Pai, o que tá acontecendo?! Você tá me deixando assustada!

– Acho bom estar deixando muito assustada mesmo, porque é o seguinte: o Lucas vai te fazer um pedido daqui a pouco. E eu acho bom você aceitar. Ele gosta de verdade de você, ele quer te fazer feliz. E se você parar com essa implicância de menina mimada, você vai ver o quanto ele pode proporcionar a você! Se você continuar com a sua pirraça e não aceitar, eu vou perder o meu emprego e nenhuma outra empresa vai me aceitar. Nenhuma outra empresa vai querer me ter como funcionário. E eu não vou ter mais como sustentar a nossa família! Se você quiser manter essa família intacta e retribuir tudo o que eu e sua mãe já fizemos por você e sua irmã, você deve começar a mudar o seu comportamento a partir de agora! – João deixou a filha sozinha e voltou para a mesa. Stefany continuou parada por um tempo, atônita, sem acreditar no que tinha acabado de acontecer. Reunindo o pouco de força que ainda tinha, ela voltou para a mesa e forçou um sorriso ao ver o olhar do pai.

Não demorou muito, o Sr. Dan lançou um olhar para o filho e Lucas chamou a atenção de todos na mesa para falar algumas palavras.

– Bem, todo mundo sabe o que aconteceu na minha festa de aniversário e por causa disso, primeiramente, eu queria pedir desculpas a todos por ter exposto a Stefany àquela situação e em segundo lugar eu queria dizer na frente de todos que eu sou completamente apaixonado pela Stefany e com ela eu sou uma pessoa muito melhor e... – Lucas engoliu em seco e respirou fundo. – Bem, eu queria pedir ao Sr. João - enquanto falava, Lucas colocou a mão no bolso do blazer e retirou uma caixinha de joia pequena. – permissão para pedir a Stefany em casamento.

– CASAMENTO? – Todos estavam chocados, as únicas pessoas que não pareciam surpresas era João e o Sr. Dan, que estavam sorrindo desde o momento em que Lucas começou a falar. A única que conseguiu falar foi Julia, que gritou. – Você tá maluco?! – Julia perguntou diretamente a Lucas.

- Julia! – João a repreendeu. – Você não tem o direito de falar assim!

- Ele – Julia apontou para Lucas. – não tem o direito de pedir pra casar com ela! Eles nem namoram!

- Julia, você vai ficar quieta agora. Quando chegarmos em casa eu me entendo com você! – Virando-se para Lucas. – Lucas, meu filho, eu fico muito feliz em permitir que você faça esse pedido para a minha filha. – Ana olhou perplexa para o marido.

- Chega! – Stefany se levantou. Ela ainda não tinha conseguido processar o que estava acontecendo, mas ela tinha que resolver, ela precisava entender melhor. – Pai, Sr. Dan e todos os outros presentes! Nós estamos em uma época em que não se pede mais a mão da filha em casamento pro pai. Isso é uma decisão dos noivos, que, no caso, somos eu e ele! Então vocês me desculpem, mas eu não vou receber um pedido de casamento sem conversar com o meu pretendente antes e nem vai ser em uma mesa de casa de festa, rodeada por nossas famílias. Nós estamos indo agora para o jardim e você ficarão sabendo depois a nossa decisão. – Virando-se para Lucas. – Lucas, vem comigo agora!

Stefany andou pelo jardim sem pensar para onde estava indo. Deve ter andado cerca de dois minutos, quando parou próximo a um banco de ferro. Ela virou-se para encarar Lucas e perguntou com toda a raiva que veio segurando:

- Você tá maluco?!

Lucas só ficou a encarando.

-O que passou na sua cabeça pra me pedir em casamento? Lucas a gente nunca namorou, a gente nunca ficou, a gente nunca se beijou! Será que é difícil pra você perceber que casamentos assim não existem?! A gente não tá num conto de fadas em que o príncipe salva a princesa e no dia seguinte eles casam e depois eles vivem felizes para sempre! Não tem isso! Onde é que você tá com a cabeça ao pensar que hoje você pode me pedir em casamento?

- Eu tô apaixonado por você! – Lucas falou alto. – Caramba... Será que isso não é suficiente?

- Não, Lucas! Isso não é suficiente! No meio da discussão, você nem diz que me ama! Você só diz que está apaixonado! Tenho uma notícia pra você: paixão acaba! Infelizmente! Não acredita nessas historinhas de que a paixão vai durar pra sempre... que é só manter a chama sempre acesa! MENTIRA! A gente não tem como casar, a gente não pode cometer esse erro insano!

- Stefany! – Lucas se aproximou dela. – Eu sei que parece loucura, mas pode dar certo! Eu posso oferecer tudo o que você quiser! TUDO! Você só precisa casar comigo. Nunca vai te faltar nada! Eu tenho dinheiro, então o que você precisar comprar você vai ter. E eu tenho um sentimento forte por você, um sentimento que não me fez desistir de você até agora! Você sempre vai poder contar comigo, com o meu carinho, com a minha amizade, com o meu ombro amigo. Eu vou estar ao seu lado para o que precisar! – Lucas passou a mão no rosto. – Stefany, é loucura! Eu sei! Mas eu acredito! Eu quero dar uma chance!

Stefany se sentou no banco e apoiou a cabeça nas mãos. Quando o pai falou que Lucas ia fazer um pedido, ela imaginava que seria um pedido de namoro. Nunca poderia ter pensado em um pedido de casamento. Várias imagens voavam na sua cabeça: a briga com seu pai, o pedido sem graça de Lucas, a conversa que tinham acabado de ter, o namoro com Ricardo, as últimas mensagens que Ricardo mandou pelo celular. Stefany estava sem saída. Ricardo nunca a perdoaria. Ela sabia que tinham namorado por pouco tempo, mas ela sabia que ele era o cara para ela. Não existiria outro Ricardo na face da Terra que substituísse aquele que agora a ignorava. Stefany olhou para Lucas. Ele gostava de verdade dela, ele não desistia, mas continuava tendo pensamentos desprezíveis. Se eles ficassem juntos, ela teria que fazer uma lavagem cerebral nele. Stefany se levantou e pediu que Lucas a acompanhasse. Chegando a mesa, ela foi direta:

- O Natal é em três semanas. Se esse casamento acontecer até o sábado anterior ao Natal, a gente se casa.

- Faremos o casamento no jardim da nossa casa. Pode escolher a data que quiser. – Sr. Dan falou prontamente.

- No sábado antes do Natal, então... Dia vinte e um.

- Stefany?! – Julia sussurrou mais do que falou. – O que você tá fazendo? – Julia encarou a irmã, mas ela apenas balançou a cabeça.

- Vai me fazer a pergunta? – Stefany olhou Lucas carinhosamente.

- Stefany, - Lucas pegou novamente a caixinha de joia dentro do blazer e a abriu mostrando um anel com uma safira azul. Na hora, Stefany entendeu qual era a terceira peça do presente. – Você aceita se casar comigo?

- Sim! – Lucas pegou a mão direita da noiva, colocou o anel e deram um selinho.

CAPÍTULO 18

Stefany voltou para casa sem falar nada. Julia, que estava sentada ao seu lado no banco traseiro, olhava para a irmã e tentava falar alguma coisa, mas não sabia nem o que dizer. Ana, por várias vezes, olhou para o banco de trás, também buscando palavras que tentassem exprimir o que estava sentindo com toda aquela situação, mas ela também não comentou nada. Stefany preferiu que fosse assim. A única pessoa que estava feliz dentro daquele carro era João. Ele foi cantando o tempo inteiro. Até mesmo músicas que ele costumava reclamar quando tocavam, ele estava cantando. Mas Stefany não ligava, ela só pensava em Ricardo.

Apesar do pouco tempo que estavam juntos, Ricardo era o cara certo para ela. Isso não era nenhuma dúvida. Só que ela não poderia ficar esperando por ele eternamente. Quando ele pediu um tempo, ela respeitou a necessidade dele, mas desde aquele dia, ele foi incapaz de mandar uma mensagem explicando o que estava sentindo, ou de ligar para conversarem. Ela podia imaginar que foi muito chato para ele ver a namorada dentro do quarto de um cara que ele sentia ciúme, mas ela explicou! Ela não conseguia aceitar toda essa revolta de Ricardo. Por mais chateado e triste que ele tivesse ficado na hora, ele tinha que confiar nela, ele tinha que ter, pelo menos, dado uma chance para que ela se explicasse.

Quando chegaram em casa, Stefany foi direto para o seu quarto e trancou a porta com a chave. Ela não queria ninguém por perto, não daquela vez. Ela tirou o vestido e, ainda com o cabelo arrumado, colocou o pijama e se jogou na cama. Ela queria chorar, gritar, espernear, mas sabia que nada disso resolveria a sua situação. Ficou com os olhos fechados, torcendo para que tudo fosse um sonho e ela voltasse para o dia da festa de aniversário de Lucas, mas dessa vez o plano que ela tinha combinado com Ricardo daria certo. Ela ouviu vozes na sala. Ana estava falando alto com o marido. Provavelmente estavam discutindo. Ainda durante a festa, Stefany percebeu que Ana aproveitou um momento em que todos estavam distraídos e perguntou ao marido como ele podia ter combinado tudo aquilo sem ao menos ter falado com ela. Ela não tinha gostado da surpresa, apesar de não ter podido fazer nada para impedir aquela insanidade. Stefany se virou para enfiar o rosto no travesseiro, mas de nada adiantou. Pouco depois de ouvir o silêncio vindo da sala, Ana bateu na porta e pediu para falar com ela. Stefany não respondeu, fingiu que estava dormindo. A mãe não tentou mais, só disse que se ela precisasse de qualquer coisa poderia acordá-la a qualquer hora. Stefany teve vontade de correr para abrir a porta e receber um abraço da mãe, mas de nada ia adiantar, só aumentar ainda mais a tristeza dela. Era melhor que ficasse do jeito que estava. Não deu um minuto, Julia bateu a porta. Ela deve ter imaginado que, assim como havia acontecido das últimas vezes, Stefany a receberia, mas Julia bateu na porta em vão. Stefany estava decidida a ficar sozinha naquela madrugada. Por um impulso, ela olhou o anel de noivado, era lindo, mas ela não pôde evitar pensar que preferia um anel de plástico, dado por Ricardo.

Na segunda-feira, Stefany acordou cedo para ir à casa de Lucas para começarem a corrida contra o tempo a fim de realizar o casamento na data prevista. Stefany já estava pronta quando se sentou à mesa para tomar café, e percebeu que sua mãe não parava de olhar para ela. João ainda não conseguia esconder a felicidade, mas não estava comentando nada sobre o assunto, provavelmente por Ana ter pedido isso a ele. João logo teve que sair, pois tinha algumas reuniões muito importantes no trabalho, e ao se despedir da filha, ele só disse que desejava a felicidade dela e que ela tinha tomado a decisão mais correta da vida dela. Ana o fuzilou com o olhar, ele se calou e passou pela porta.

- Você tem certeza do que está fazendo? – Ana perguntou a filha assim que a porta se fechou.

- Já conversamos sobre isso. Eu não quero mais voltar nesse assunto. – Stefany correu para terminar logo o café e não continuar sozinha com a mãe.

- Filha, vocês se conhecem a pouquíssimo tempo! Você sempre falou mal dele, do caráter dele! Até você ir para a sua formatura, você estava triste porque o Ricardo não estaria com você naquele momento! Eu não consigo entender!

- Eu não tô pedindo pra ninguém entender nada! Só aceita e pronto! A gente vai se casar em duas semanas... Ponto final. Não tem o que entender! – Stefany comeu o último pedaço do pão e foi em direção a cozinha lavar a louça.

- Filha, eu só quero o seu bem... – Ana seguiu a filha até cozinha.

- Mãe! – Stefany colocou o prato no escorredor, secou as mãos em uma toalhinha que estava ao lado e se virou para a mãe. – Eu já disse que está decidido! Agora eu tenho que ir. – Stefany foi para o banheiro escovar os dentes. Quando estava colocando a pasta na escova o celular tocou.

- Alô. – Stefany atendeu.

- Bom dia, minha noiva querida! Tudo bem? – Lucas demonstrou que estava feliz do outro lado da linha.

- Bom dia. – Stefany fechou os olhos e mentalmente começou a repetir que ela ia manter a sua opinião e que ia se casar. – Tudo bem. Já tô indo praí.

- Já tô aqui embaixo te esperando! – Lucas riu.

- OK. Tenho que desligar. – Stefany desligou o telefone, pensando que Lucas era maluco, pois não tinha necessidade de avisar em qual andar da casa ele estava naquele momento.

Stefany correu e se despediu rápido de sua mãe, antes que ela voltasse a falar mais coisas para mudar a cabeça dela. Para a sua sorte, o elevador estava no andar, então logo ela desceu e estava pronta para pegar o ônibus e ir até a casa de Lucas. Só que ao chegar na portaria, ela se deparou com uma surpresa no portão: Lucas estava parado esperando por ela.

— O que aconteceu? — Stefany perguntou sem entender o porquê de Lucas estar ali.

— Vim te buscar. — Lucas sorriu e tentou dar um beijo na noiva. No automático, Stefany virou o rosto, e quando voltou a encarar Lucas, ele estava com as sobrancelhas levantadas.

— Desculpa. — Stefany se sentiu mal. — Eu ainda não me acostumei...

— Não tem problema! — Lucas se aproximou novamente e eles deram um selinho.

— Bem, por que você veio? — Stefany perguntou para evitar que ele quisesse dar mais que um selinho.

— Porque você não tem carro. — Lucas abriu a porta do carona e Stefany entrou.

— Mas eu podia ir de ônibus! — Stefany argumentou assim que Lucas sentou no banco do motorista e colocou o cinto.

— Ônibus?! — Lucas riu alto. — Stefany, esquece isso! Você nunca mais vai andar de ônibus! Você agora é rica! Não vai pegar um ônibus nunca mais na sua vida! Você já tem carteira de motorista... Já vou providenciar um carro para você. Assim que organizarmos tudo do casamento, vamos comprar um carro zero e automático, pra você não ter que ficar passando marcha...

— Pera aí! — Stefany falou um pouco mais alto para que Lucas parasse de falar. — Você tá com algum problema?! Eu já conversei com você sobre esse comportamento! Eu não gosto disso!

— Tá bem! Mas não vai me dizer que você gosta de andar de ônibus! — Lucas debochou.

— Não, Lucas, eu não gosto de andar de ônibus! Hoje em dia eu tenho certeza de que ninguém gosta! Só que não é assim que funciona... Eu não tenho dinheiro!

- Tem sim! – Lucas olhou rapidamente para ela. – A gente vai se casar! O meu dinheiro é o seu dinheiro...

- E o seu dinheiro aparece como na sua conta, Lucas?

- Meu pai coloca um dinheirinho pra mim todo mês. – Lucas respondeu como se isso não fosse algo que alguém devesse se envergonhar profundamente.

- E você ainda acha que tem dinheiro?! – Stefany estava começando a ficar irritada.

- Claro que eu tenho! Tenho o dinheiro da minha família! – Lucas levantou os ombros, se defendendo.

- E quando você vai ganhar o seu dinheiro, Lucas? Como você pretende comprar uma casa pra gente morar depois do casamento? Como você vai sustentar a nossa família?

- Com o mesmo dinheiro que eu tenho! Que é meu! A partir do momento que o meu pai me dá parte do dinheiro dele, esse dinheiro é meu! Eu faço o que quiser com ele!

- Isso não tá certo! – Stefany não conseguia acreditar como uma pessoa conseguia se sentir bem ao pensar daquele jeito.

- Stefany, se você for pensar assim, o meu pai paga as suas coisas também! Porque é com o dinheiro do meu pai que o seu pai paga tudo na sua casa! – Lucas achou que tinha dado um ótimo argumento.

- Você tá maluco?! Você realmente não sabe o que é trabalhar, né? Lucas, o meu pai dá duro naquela empresa. Algumas vezes ele chega super tarde em casa porque ficou resolvendo problemas pra empresa do seu pai não perder um cliente! Ele sai pra trabalhar todos os dias pela manhã e só volta à noite! A gente quase não consegue conversar! Então, é o dinheiro do seu pai, sim, que ele leva pra dentro da nossa casa, mas ele trabalha por isso, ele merece o que ganha, o seu pai não dá nenhum dinheiro de graça pra ele. Não deposita um valor na conta dele no final do mês, só por depositar! Isso é bem diferente!

- Tudo bem! – Lucas não queria mais discutir. – Nós tamos indo lá pra casa pra resolver o nosso casamento! Não vamos ficar discutindo!

Stefany preferiu não falar mais nada. Ela ficou o resto do caminho olhando pela janela e vendo a vida normal que as pessoas estavam tendo fora daquele carro. Dois dias antes, ela sonhava com a esperança de que ainda poderia ter Ricardo de volta, e, naquele dia, ela estava dentro do carro de Lucas, indo para a casa dos pais dele para organizarem o casamento que aconteceria em duas semanas. Muita coisa tinha mudado. Só não mudou o sentimento que Stefany ainda sentia por Ricardo e o silêncio de Ricardo.

Ao chegarem à casa dos pais de Lucas, Marcia já esperava por eles em uma mesa próximo a piscina com uma mulher que Stefany ainda não conhecia. Marcia levantou para cumprimentar Stefany, disse que tinha sido pega de surpresa com o pedido do filho, mas que estava muito satisfeita com a decisão dele e com a escolha da noiva. Dito isso, ela apresentou a mulher que tinha acabado de se levantar, era Clara, uma organizadora de eventos que já tinha organizado várias festas para a família do Sr. Dan e que tinha acabado de ser contratada para organizar o casamento dos dois.

- Muito prazer em conhecê-la! – Clara apertou a mão de Stefany e voltou a se sentar. – Eu já estava conversando com a Marcia sobre o que podemos fazer nesse espaço tão curto de tempo, mas a noiva que precisa dar o toque final. Então vamos começar...

A reunião durou quatro horas. Foram quatro horas de vida que Stefany perdeu! O casamento podia estar sendo muito bem organizado, ia ter tudo do bom e do melhor e ia ser muito caro, pois o Sr. Dan fazia questão de pagar a festa toda. Tudo o que Stefany comentava que achava exagerado, Marcia ou Clara davam um jeito de encontrar uma necessidade e manter na lista. Segundo elas, não havia pecado no excesso, mas na falta. Stefany ainda estava tentando compreender o que elas entendiam por falta, pois aquele casamento tinha virado uma total falta de noção com o que os noivos queriam, com o dinheiro investido em uma festa de apenas uma noite e com o que o convidado realmente esperava encontrar quando chegasse. Várias vezes Stefany tentou contar com o apoio de Lucas, mas ele estava adorando. Estava pedindo uma super pista de dança, aparelhos de fumaça, espuma e bolinhas de sabão ao redor do quintal inteiro enfim, tudo o que Stefany não queria nem pensar.

- Stefany? – Marcia, que estava sentada ao lado de Stefany, colocou a mão em seu ombro. – Ainda está aqui com a gente?

- Ah! Ela deve estar tão encantada com tudo o que estamos falando que estava sonhando em como aqui vai ficar lindo no dia! – Clara não parava de rir.

- Ah, é! – Stefany fingiu estar empolgada. – Muito encantada!

- Bem, Stefany, o que estávamos falando é que por causa do tempo apertado não acho possível organizarmos uma cerimônia religiosa, então quero saber se vocês preferem fazer o civil antes do casamento, ou no próprio dia. – Clara perguntou olhando para a agenda onde estava anotando tudo.

- Pode ser no mesmo dia.

- Ah, que ótimo! – Clara anotou na agenda. – Vai ficar lindo. Vou colocar um pouco mais de flores, então! E arranjar uma mesa...

Ela continuou falando, mas Stefany voltou a se desligar. Ela não estava a fim de ouvir mais nada. Só que ela ouviu o seu nome mais uma vez.

- Quanto às testemunhas. Precisamos de uma para cada lado. – Stefany, quem será a sua?

- Não sei. – Na mesma hora, Stefany ia dizer que seria sua irmã, mas ela ficou com medo de que a irmã não topasse. Desde o dia anterior, Julia não estava falando com a Stefany.

- Não pode ser a sua irmã? – Lucas perguntou.

- Não sei... Ela é muito envergonhada! – Stefany não podia falar a verdade naquele momento. – Eu vou ver com ela e dou essa resposta até amanhã. Pode ser?

- Claro! – Na mesma hora, Clara olhou para sua agenda e colocou um ponto de interrogação onde deveria estar o nome da testemunha de Stefany.

Logo depois a reunião acabou e tudo estava pronto. O buffet já fazia as festas do Sr. Dan, então não precisaria de degustação. O bolo já tinha sido escolhido pelas imagens que Clara mostrou no laptop e ela mesma ia fechar o bolo e os docinhos. As lembrancinhas foram escolhidas por Marcia e também tinham ficado sob a responsabilidade de Clara, ou seja, como Clara havia dito ao se levantar, bastava Stefany escolher o vestido e aparecer ali no dia do casamento.

Quando Clara foi embora, Marcia fez questão de que Stefany almoçasse com eles. Durante o almoço eles conversaram pouco, mas Stefany teve que se esforçar muito para não deixar transparecer o quanto ela estava infeliz. Ela sempre tinha sonhado em se casar à noite na igreja com um vestido lindo branco e bem rodado, mas como só seria uma celebração do civil pela manhã, ela nem estava pensando em gastar muito dinheiro no vestido. Ela queria acreditar que o presente poderia não estar parecendo ser muito bom, mas que o futuro seria bem melhor e ela ainda veria que tinha tomado uma ótima decisão.

Pouco tempo após acabarem o almoço, Stefany pediu que Lucas a levasse embora, argumentando que estava preocupada em não ter começado a procurar vestidos de noiva. Marcia ofereceu ajuda e Stefany agradeceu, mas disse que iria convidar a mãe para ajudá-la nessa parte. Marcia concordou com Stefany, elas se despediram e finalmente eles já estavam de volta ao carro.

- E aí, animada? – Lucas estava muito animado com a pista de dança que ele tinha montado.

- O que você acha? – Stefany não olhou para Lucas.

- Bem, é um festão!

- Lucas, - Stefany não estava acreditando que Lucas poderia ser tão burro. – O QUE VOCÊ TEM NA CABEÇA?! – Stefany falou alto, e tentou se controlar quando continuou. – Eu sou simples! Vocês não vão me agradar, nem aos meus amigos e nem a minha família fazendo uma festa desse jeito! Eu não ligo quantos pratos vão oferecer, a lembrança maluca que a sua mãe quer dar ou as máquinas que vão estar espalhadas pela casa! Eu só queria ter um casamento normal! Onde os convidados se sintam bem!

- Stefany! A gente está oferecendo o que tem de melhor no mercado. Muitas coisas que vão ter no nosso casamento, alguns convidados podem não ver em nenhum outro!

- Exatamente! E você acha isso legal? Você acha que isso vai deixar as pessoas mais confortáveis?

- Tenho certeza! Quem não tem dinheiro tem que conhecer um rico pra ver o que é bom de verdade!

Stefany ficou calada. Ela queria gritar, sacudir o Lucas para ver se a cabeça dele começava a funcionar direito, sair correndo daquela situação, acordar daquele pesadelo, mas nada disso era possível! Ela estava vivendo aquilo, era a vida real dela, e nada poderia ser feito para mudar a pessoa repugnante com quem ela estava prestes a se casar. Ela teve vontade de terminar tudo. Ela olhou novamente para o anel de noivado que estava em sua mão direita. Ela não se importava com ele, ela preferia devolver todas aquelas joias para voltar a ter uma vida normal. Só que ela lembrou da ameaça do pai, de como ele tinha sido frio e grosso com ela durante a festa de formatura, lembrou de como o Ricardo a tinha tratado mal e depois nunca mais deu um sinal de vida. Ela não tinha nada para seguir em frente. Ela ia procurar um emprego e pronto, não teria mais nada esperando a sua frente. Stefany olhou para Lucas que dirigia concentrado. Ele não tinha tentado falar mais nada. Talvez tivesse percebido que tinha exagerado. Mas não importava muito, porque percebendo ou não, ele foi incapaz de pedir desculpa. Stefany estava tão perdida em pensamentos, que não percebeu que Lucas já havia parado o carro.

- Chegamos. – Lucas tirou o cinto e se virou para Stefany.

- Ah! – Stefany acordou de seus pensamentos. – Obrigada pela carona.

- Não precisa agradecer. – Lucas se aproximou de Stefany.

- É melhor a gente não demorar... É perigoso ficar dentro do carro!

- Só quero me despedir. – Lucas se aproximou e beijou Stefany. Ela ficou imóvel. O que estava aberto de sua boca, foi a boca de Lucas que tinha aberto. Ela não queria receber aquele beijo, muito menos dar. Para a sua sorte, o beijo não demorou muito. Rapidamente, ela abriu a porta do carro e saiu.

- Não precisa sair. – Stefany falou pelo vidro que estava aberto. – Eu não posso ficar muito tempo aqui, preciso mesmo subir para resolver o que tá pendente. Depois a gente se fala mais.

- Ok. – Lucas não parecia muito satisfeito, mas não reclamou. – Boa tarde! Beijos.

- Tchau. Boa tarde. Beijos. – Stefany respondeu no automático, se virou e entrou pela portaria, enquanto Lucas arrancava com o carro.

Assim que chegou em casa, respirou fundo e agradeceu por estar sozinha. Seus pais estavam no trabalho e Julia devia estar no curso. Stefany correu para o quarto e assim que fechou a porta caiu no choro. Ela se jogou na cama e agarrou o travesseiro, como se fosse ganhar força com essa atitude, mas o aperto no coração só aumentava. Ela não gostava de Lucas. Nem um pouco. Nem como amigo! Os dois não poderiam ficar juntos. Stefany chorava tentando manter os olhos fechados em uma forma de acreditar que aquilo tudo não passava de um pesadelo. Que ela ainda estava namorando com Ricardo e que, no futuro, seria ele quem iria pedir a mão dela em casamento. O beijo que Lucas tinha acabado de dar nela não tinha significado nada, nem ao menos tinha sido bom! Ela ia precisar de muita força e coragem para manter a sua decisão. Stefany estava tão desesperada, que não percebeu quando sua irmã entrou no quarto e se aproximou.

- Arrependida? – Julia se sentou na cama, no mesmo momento em que Stefany sentava por causa do susto.

- Julia... – Stefany não precisava de ninguém fazendo sermão para ela.

- Não, Stefany! Não queira fingir que está certa! Se você estivesse com a sua cabeça tranquila, você não taria chorando desse jeito agora!

- Você nem sabe porque tô chorando! – Stefany retrucou.

- Você tem razão. Eu não sei qual é o motivo exato, mas eu sei que é por causa do Lucas e desse casamento maluco!

- Julia, eu tenho que fazer isso!

- Não! – Julia interrompeu. – Você não tem que fazer isso! Você não tem que se casar com alguém que você odeia!

- O nosso pai conversou comigo... – Stefany tentou explicar.

- E disse que era uma ótima ideia? – Julia estava sendo sarcástica. – Que foi uma das melhores decisões da sua vida? Que você fez a escolha certa? Stefany, será que você não percebe? O nosso pai é da mesma laia que eles! A única diferença é que ele não tem dinheiro pra comprar ninguém! Ele que é comprado! Será que você não percebeu que a nossa mãe ficou surpresa, a mãe do Lucas, nós duas, mas o nosso pai e o Sr. Dan ficaram rindo? Eles combinaram tudo! Já estava tudo certo! Foi por isso que o nosso pai demorou tanto quando foi ao banheiro... Ele só tava esperando o chefe chegar pra colocarem o plano em prática! E você vai mesmo se deixar envolver por isso?

- Julia, por favor! Eu preciso de um tempo. – Stefany concordava com tudo o que Julia estava dizendo, mas aquela não era a hora de pensar em várias possibilidades.

- Ok! – Julia falou com raiva. – Fica aí sozinha deixando eles usarem você que nem um fantoche. Depois só não reclama se chorar a vida inteira!

- Julia! – Stefany falou quando a irmã já estava chegando à porta. – Desculpa!

- Stefany... – Julia apenas balançou negativamente a cabeça.

- Preciso te fazer uma pergunta: Você aceita assinar como testemunha no dia do casamento? Preciso que alguém assine para o casamento civil.

- Com o Lucas? Vendo você chorar desse jeito? Nunca! – Julia se virou e saiu do quarto.

Stefany voltou a abraçar forte o travesseiro e chorou mais um pouco. Ficou um tempo depois deitada, olhando para o teto. Ela estava preocupada com alguma coisa, mas não sabia o quê. Após um tempo percebeu que estava preocupada porque precisava achar logo alguém que servisse como testemunha. Sendo assim, ela tomou um banho, vestiu uma roupa simples e foi até a casa de Natália. Foi a própria amiga quem a recebeu:

- Stefany! – Natália abraçou a amiga. – Quanto tempo! Entra.

- Eu não vou demorar, não quero atrapalhar. – Stefany explicou.

- Que isso! Não tá atrapalhando não! É bom que descanso um pouco a cabeça... Mas me conta, como tá a vida? Eu fiquei sabendo de você e do Ricardo...

- Pois é! Nem sempre as coisas são como a gente quer, né? – Stefany disse.

- É! Mas você queria, né? Ou se arrependeu? – Natália perguntou confusa.

- Queria o quê? – Foi a vez de Stefany ficar confusa. – Você acha que eu queria terminar com o Ricardo?

- Ué? Mas você não terminou com ele pra ficar com outro cara? – Natália não conseguia esconder a confusão que estava sentindo. – O Ricardo encontrou com a gente um dia desses... Falou que vocês tinham terminado porque você tinha se interessado por outro!

- Eu não acredito que ele falou isso! – Stefany estava revoltada. – Como ele pôde ter dito uma coisa dessas! Eu nunca quis terminar com ele!

- Ué?! O que aconteceu então?

- Foi na festa do filho do chefe do meu pai... Ele... – Stefany fez uma pausa. – Ah, quer saber?! Não foi nada! Esquece isso! Deixa ele pensar o que quiser! Eu vim aqui te pedir uma coisa... Você aceita assinar como testemunha para eu poder me casar no civil daqui a dois sábados?

- AI! Não acredito! – Natália bateu palmas. – Você e o Ricardo voltaram? E vão se casar! Que lindo!

- Bem. Na verdade, eu vou casar com o filho do chefe do meu pai. – Stefany foi direta.

- Hã? – Natália arregalou os olhos.

- É o seguinte, - Stefany segurou as mãos da amiga. – nesse momento não tem ninguém ao meu lado, só o meu pai. Ele é a única pessoa da nossa família feliz com esse casamento! A minha mãe e a minha irmã não vão aceitar assinar como testemunhas, mas eu preciso de uma pessoa! E eu preciso muito contar com você! Ninguém tá me obrigando a casar. Eu tô indo por livre e espontânea vontade. Eu sei que não tô apaixonada por ele agora, mas isso é algo que eu preciso fazer! E eu preciso, por favor, da sua ajuda!

- Você não tá apaixonada pelo cara?

- Não.

- Você não tá feliz com o casamento?

- Não.

- Você não queria estar casando com ele?

- Não.

- Mas você tá casando por livre e espontânea vontade?! – Natália foi um pouco sarcástica.

- Isso. Ok! – Stefany acrescentou após ver a amiga com as sobrancelhas erguidas. – Tem um pouco de pressão! Mas eu sei o que eu tô fazendo! Acredita em mim! Eu não vou me arrepender depois.

- Tudo bem! – Natália aceitou, mas se afastou quando Stefany foi dar um abraço nela. – Mas tem uma condição.

- Qual? – Stefany perguntou.

- SE – Natália frisou a palavra para que ficasse bem claro. – você se arrepender e perceber que isso não está sendo por vontade própria, você vai desistir do casamento ANTES do dia! Combinado?

- Combinado! – Stefany abraçou a amiga e ficou conversando um pouco com ela até o pai de Natália chegar do trabalho. – Bem, eu preciso ir. Meus pais já devem ter chegado também!

- Beijos. – Natália se despediu quando levou a amiga até a porta.

- Beijos!

Stefany voltou para casa e se assustou com a festa que o pai estava fazendo. Assim que viu a mãe em pé olhando o pai comemorar e a irmã sentada no sofá com cara de quem não tinha gostado de ouvir o que o pai tinha acabado de dizer, Stefany perguntou:

- O que tá acontecendo?

- O nosso pai chegou com uma grande "novidade" hoje! – Julia estava usando o tom sarcástico e fez sinal de aspas no ar ao falar a palavra novidade.

- E qual é? – Stefany perguntou curiosa.

- Ele finalmente ganhou o cargo pelo qual sempre sonhou e lutou! Ele foi nomeado o Gerente Geral da DanEng, que, segundo o que ele acabou de repetir, era um cargo feito especialmente pra alguém da FAMÍLIA! - Julia não conseguia esconder a revolta.

- Nossa! Parabéns! – Stefany parabenizou o pai!

- STEFANY! – Julia gritou com a irmã. – Você não percebeu? O cargo foi criado especialmente pra alguém da FAMÍLIA!

- Como assim? – Stefany se virou para o pai. – Como você conseguiu assumir um cargo que só é para algum membro da família do Sr. Dan?

- Nós agora somos! Você vai casar com o Lucas! Seremos uma família só! - João continuava comemorando.

- Você é muito burra! – Julia estava com os olhos cheios de lágrimas. Ela foi para o quarto onde se trancou. Stefany ainda continuou um pouco na sala, atordoada com o que tinha acabado de acontecer. Pouco depois ela foi para o quarto e ficou lá, até que todos tivessem ido dormir. Só saiu para comer um biscoito, pois estava com fome e, quando voltou da cozinha, ouviu a irmã mexendo no computador. Ela teve vontade de entrar no quarto e explicar para a irmã todos os motivos que a fizeram tomar tal decisão, mas a irmã ainda não estaria disposta a ouvir os argumentos, então Stefany preferiu fazer isso outro dia.

CAPÍTULO 19

A semana passou rápido e Stefany deu um jeito de não encontrar Lucas todos os dias para evitar que ela não segurasse a vontade de perguntar porque só agora o Sr. Dan tinha resolvido dar o cargo de Gerente Geral para seu pai. Ela já sabia a resposta, mas preferia acreditar que o que ela desconfiava não era verdade, que seu pai não tinha vendido a própria filha para alcançar a posição tão desejada. Assim foram passando os dias e Stefany viu o fim de semana chegar. Seria o seu último final de semana de solteira. Natália a convidou para ir ao barzinho com o pessoal, comemorar uma despedida de solteira improvisada no sábado, mas ela preferiu ficar em casa. "O pessoal" poderia incluir Ricardo, e ela não estava a fim de encontrar com ele às vésperas do casamento, ainda mais sabendo que ele falou para os amigos que ela tinha terminado com ele para ficar com outro. Stefany ainda amava Ricardo, mas ela estava muito chateada com tudo o que havia acontecido. Até aquele momento ele não tinha dado uma chance para que ela se explicasse. O tempo que ele tinha pedido se mostrou ser um término e ela achou muito desleal da parte dele terminar sem colocar claramente um ponto final.

No fim das contas, Lucas foi de surpresa para a casa deles assistir a um filme, já que Stefany se recusou a sair alegando dor de cabeça. Quando a campainha tocou, João chamou Stefany e, quando ela apareceu na sala, viu Lucas segurando um buquê de rosas enorme! O buquê era tão grande que Ana não tinha um vaso que coubesse o buquê inteiro, foi preciso dividir em dois para que as rosas pudessem ficar na água.

- Obrigada pelo buquê. – Stefany agradeceu, enquanto os dois assistiam ao filme de aventura que estava passando.

- Não precisa agradecer! Você merece! – Lucas respondeu e segurou a mão da noiva. - Esse anel ficou muito lindo em você! Que bom que eu acertei no tamanho!

- Acertou mesmo! Impressionante ter acertado vendo a Stefany tão pouco! – Julia tinha se aproximado e estava sentando na cadeira mais longe de Lucas.

-Boa noite! – Lucas falou, sorrindo para Julia.

Julia não respondeu e fez questão de mostrar que estava virando a cara para ele. Stefany sabia que ela estava ali na sala obrigada. Assim que Lucas chegou, João foi em direção aos quartos e ficou lá um bom tempo, provavelmente arrumando um jeito de obrigar a filha a ficar na sala para pelo menos jantar com o Lucas.

- Semana que vem a gente vai estar no nosso casamento nessa hora! – Lucas falou olhando nos olhos de Stefany.

- É. – Stefany não conseguiu segurar o olhar. Ela não conseguia olhar nos olhos de Lucas quando ele falava do casamento.

- Eu já reservei um hotel pra gente. Não quero dormir na casa dos meus pais na nossa primeira noite de casados. Já vamos morar lá depois...

- Já te disse que não gosto dessa situação... Morar com seus pais.

- É o que podemos fazer. Já estou fechando um apartamento. Escolhi um bem grande, num prédio que tá terminando de construir. A gente vai ficar na casa dos meus pais só até o apartamento aprontar. Não teve outro jeito! – Lucas defendeu a sua decisão de pedir aos pais que ficassem lá por um tempo.

- Mesmo assim. A gente poderia ficar em outro lugar enquanto esse apartamento apronta!

- Stefany, eu não vou ficar em qualquer lugar! Eu tenho a casa dos meus pais que tem tudo o que gente precisa: é grande, tem piscina, vários empregados... Não vamos precisar de mais nada!

- Continuo sem concordar, mas já vi que não adianta nada eu continuar argumentando, por mais razão que eu tenha!

Stefany estava cansada. Desde o início da semana ela vinha tentando mudar a cabeça de Lucas, um pouco que fosse, mas a tarefa parecia se tornar cada vez mais impossível. Ele não se importava de viver às custas do pai, não se importava de morar com os pais por um tempo até o apartamento aprontar, não se preocupava em assumir mais responsabilidades na empresa já que o pai o deixava ficar em uma zona de conforto. Stefany via que Lucas precisava crescer. Ele não estava agindo corretamente, mas ele se recusava a sair daquele meio. Era muito mais cômodo não trabalhar e ter dinheiro, casar e ter empregados fazendo tudo ou pensar em ter filhos já que vai ter uma babá todos os dias para não ter que preocupar sempre. Stefany não conseguia aceitar essa condição, ela ia enlouquecer se fosse obrigada a viver daquela forma. O que a deixava mais calma era que pelo menos ela pudesse fazer as suas coisas: ter o seu trabalho, lavar a sua roupa, lavar a sua louça, ajudar nas despesas da casa com comida, luz, água... Ela precisava disso para continuar a ser sã, para continuar a ser gente.

Por volta de uma hora após terem terminado o jantar, Stefany deu um jeito de dispensar Lucas, dizendo que estava preocupada que ele voltasse muito tarde para casa, ainda mais em um carro que chamava tanta atenção quanto o dele. Para sua surpresa, João concordou, o que ajudou para que a ida de Lucas fosse ainda mais rápida. Stefany se despediu dos pais e foi para o quarto, mas preferiu ficar jogando no celular, pois ainda não estava com sono. Em um determinado momento, o celular vibrou ao receber uma mensagem, ela verificou, acreditando que fosse Lucas avisando que tinha chegado em casa, mas para a sua surpresa era de Ricardo. Stefany ficou em dúvida se abria a mensagem. Ela estava nervosa com o que iria encontrar. Se Ricardo finalmente colocasse um ponto final, ela ficaria triste, mas pelo menos teria a situação deles devidamente resolvida. Só que também poderia ser o contrário. Ele poderia ter pensado melhor e percebeu que tinha sido injusto ao julgá-la, apesar de toda a explicação no momento do problema. Ainda com medo, mas decidida a saber o que ele tinha mandado, Stefany criou coragem e abriu a mensagem:

"Parabéns pelo casamento. Parece que aquela situação foi mt mais do que sem querer."

Stefany releu a mensagem três vezes para entender o que Ricardo estava dizendo. Ela tinha explicado tudo para ele. Ela tinha sido verdadeira o tempo inteiro, em todas as vezes que alguma coisa estranha tinha acontecido... Para ela, não era possível que ele a estivesse entendendo tão errado.

"Não posso acreditar! Te expliquei tudo, vc me pediu um tempo e nunca + ligou! A culpa é minha?"

Stefany enviou com raiva. Ela não sabia se preferia uma resposta ou ser definitivamente ignorada. Só que logo o celular tocou novamente.

"Não sou eu q vou casar sábado que vem."

Stefany estava com raiva e queria falar um monte de coisas para Ricardo. A vontade era de ligar para que ele ouvisse todas as verdades que precisava ouvir. Ele tinha todo o direito de ficar chateado, mas ele não podia ser injusto com ela, com a pessoa que sempre foi sincera com ele. Na mesma hora que ela ia digitar, ele enviou outra mensagem.

"Ñ precisa se dar ao trabalho de digitar + nada! Acabou! Erramos. Boa vida."

Stefany sentou na cama com os olhos cheios de lágrimas. Ele tinha enviado "boa vida" para ela. Na mesma hora, ela se perguntou quem enviaria isso para alguém, ainda mais alguém que achava que tinha significado alguma coisa na vida dessa pessoa. Stefany estava arrasada. Ele tinha se feito de vítima e colocado a culpa nela o tempo inteiro. Primeiro, ele tinha dito que Stefany tinha terminado para ficar com outro, depois manda uma mensagem para ela quando descobre do casamento, deseja uma boa vida e termina, como se o relacionamento ainda não tivesse terminado. Se os dois ainda estavam juntos, então Ricardo deveria ter aparecido na festa de formatura, ele deveria ao menos ter avisado que não iria, só que ele não fez nada disso. Ele sumiu, ficou mudo e quando ela enviou uma mensagem para ele, a resposta que teve foi para que ela parasse de enviar mensagens. Ele não estava sendo justo e ela estava cansada de sofrer por causa dele.

Stefany colocou o celular na mesinha de cabeceira e tentou dormir. O seu objetivo, na verdade, era dormir, mas ela só conseguiu fechar os olhos no meio da madrugada. No domingo, quando acordou, estava com duas olheiras enormes e uma grande dor de cabeça. Seu estado era tão ruim, que ela foi incapaz de atender qualquer uma das várias ligações de Lucas e, quando ele ligou para a casa para saber se ela estava bem e comentou que faria uma visita, Ana pediu que ele não fosse para que a filha pudesse descansar. Lucas entendeu e desejou melhoras para a noiva, pediu que ela entrasse em contato quando melhorasse, mas João não gostou da atitude da esposa. Preferia que ela tivesse deixado Lucas aparecer e cuidar de Stefany. Os dois iam começar a brigar, quando Julia gritou com eles na sala. Ela disse que não adiantava de nada deixarem a irmã descansar se continuassem brigando. Na mesma hora os dois pararam e Julia foi até o quarto da irmã.

- Todos os dias eu torço pra você acordar e desistir desse casamento. – Julia se sentou ao lado da irmã, que continuou deitada.

- Eu não posso desistir. – Stefany falou com a voz bem baixa.

- Não vou ficar discutindo com você o que você pode ou não fazer... – Julia respirou fundo. – Eu só não quero ver a minha irmã sofrer. E você tá sofrendo! E eu tô vendo! – Julia se aproximou da irmã. – Stefany, por favor, pensa muito bem no que você está prestes a fazer! Por favor! Eu te peço!

- Julia, você tem esperança de que eu volte com o Ricardo? – Stefany foi direta.

- Eu não sei! Pode ser que sim, pode ser que não! A minha questão é o seu casamento com o Lucas, não o seu ex-namoro com o Ricardo!

- Tá. Só perguntei porque eu nunca mais vou voltar com ele.

- Não faz tanto drama! E também não se case com alguém que você odeia só para esquecer quem você ama!

- Julia, - Stefany entregou o seu celular para a irmã. – Olha as mensagens que o Ricardo me mandou.

- E aí? – Julia perguntou após ler todas as mensagens. – O que você queria? Que ele ficasse feliz ao saber que você vai se casar?

- Não! Mas também não precisava me tratar desse jeito!

- Stefany, acorda! Você sempre foi inteligente! Por que está agindo tão burramente agora?! Cara, o Ricardo te pegou dentro do quarto do Lucas com uma tolha enrolada na cabeça enquanto você saía de dentro do banheiro dele e o Lucas estava no quarto sem camisa. Depois, o Ricardo fica sabendo que você vai casar... Justamente com esse mesmo cara que ele e o resto da festa flagrou! Você queria o quê? Que ele chegasse na boa e conversasse? Stefany, não duvido nada que esteja passando pela cabeça dele que você tá grávida!

- O QUÊ? – Stefany falou alto.

- É isso mesmo! Pra casar correndo, ele deve estar achando que você engravidou naquele dia e agora vão casar às pressas pra ninguém ver a barriga antes do casamento!

- Isso é coisa de filme! – Stefany argumentou.

- E se casar obrigada pelo pai com um cara que você não gosta, só pro pai poder ter um cargo mais alto no trabalho é coisa de quê? – Retrucou Julia.

- Desisto! – Stefany se rendeu.

- Espero que seja do casamento! – Julia levantou as mãos para o alto.

- Você é muito engraçada... – Stefany foi sarcástica.

- Do jeito que você está rindo, então... – As duas irmãs riram. – Agora é sério... Eu só quero que você fique bem! Esquece essa loucura! Não casa com o Lucas! – Julia levantou e deixou a irmã sozinha para pensar em tudo o que tinha dito.

Stefany passou o resto do dia dentro do quarto pensando em como seria a sua vida após o casamento. Infelizmente, ela não conseguiu se imaginar sendo feliz com Lucas. E, por isso, ela mandou uma mensagem para ele avisando que ainda estava com dor de cabeça e que iria tomar um remédio para dormir melhor. Pediu, também, para que ele esperasse ela entrar em contato com ele na segunda, caso ela não conseguisse dormir durante a noite e acabasse dormindo até mais tarde no dia seguinte. Ele respondeu desejando melhoras e ela ficou jogando no celular até quase uma hora da manhã, pois o sono não chegava.

Quando ela conseguiu pegar no sono, ela só teve pesadelos com relação ao dia do casamento e à vida de casada. Várias vezes ela acordou assustada, feliz por ver que não passava de um pesadelo, mas, quando acordou durante a manhã, ela ficou preocupada em como seria a partir da semana seguinte. Quando qualquer uma das situações que a assustou acontecesse, ela não iria mais levantar da cama para se dar conta de que estava apenas sonhando, seria a vida real, ela estaria vivendo aquilo, não apenas sonhando. Por causa disso, ela preferiu não levantar cedo e quando sua mãe foi falar com ela, ela disse que tinha dormido muito mal e que precisava descansar mais um pouco. Ana deixou que a filha continuasse na cama, já que não estava estudando mais, e pediu que ela ligasse caso fosse necessário que a mãe voltasse mais cedo para a casa. João, passou no quarto para se despedir de Stefany, mas ela fingiu que estava dormindo. Assim que o pai chegou no trabalho, avisou a Lucas que a filha não tinha dormido direito durante a noite e que ainda estava dormindo quando ele saiu de casa.

Stefany conseguiu escapar de todos até o dia seguinte, mas depois ela precisou parar, pois Ana já estava querendo levá-la ao médico, e o problema de Stefany não era médico, mas emocional. Sendo assim, na quarta-feira, Stefany levantou cedo, tomou café com seus pais e ficou procurando emprego. Desde os últimos meses de faculdade, Stefany vinha mandando o currículo para empresas que ela se identificava, mas, por causa da falta de resposta, ela já estava começando a mandar para qualquer uma que fosse da área. Assim, ela passou o dia, torcendo para que os próximos dias passassem bem devagar, de preferência que sábado não chegasse nunca. Stefany mal fazia ideia do quanto esses dias iriam correr na vida dela.

CAPÍTULO 20

Quando acordou na quinta-feira, Stefany criou muita força para levantar da cama: ia ser a última prova do vestido de casamento. Se não fosse necessário fazer nenhuma mudança, o vestido estaria pronto a partir daquele dia, ou seja, o que ela menos queria que acontecesse estava chegando. Como a mãe ficava muito enrolada quando faltava no trabalho e a loja de vestido de noiva ficava próximo a sua casa, Stefany convenceu a mãe de que não havia necessidade de faltar para acompanhá-la na última prova. Ela disse que chamaria a Natália, alegando que, além de Natália ainda não ter visto o vestido, Ana teria um pouquinho de surpresa ao ver a filha entrando na cerimônia vestida de noiva no sábado. Ana se convenceu, se despediu da filha e correu para o trabalho, pois já estava atrasada. Stefany não sabia distinguir o que estava sentindo, mas ela estava se sentindo feliz por não ir com a sua mãe. Stefany ainda não sabia, mas o que estava prestes a acontecer, não teria acontecido se a sua acompanhante fosse a sua mãe, e não sua amiga e vizinha Natália.

- Stefany? – Natália atendeu o telefone preocupada.
- Oi! Tudo bem? – Stefany respondeu tranquilamente.
- Tudo, e você?
- Tudo bem também.
- Que bom! Fiquei preocupada com a sua ligação... – Natália comentou.
- Por quê?
- Ah, sei lá! Você já está às vésperas do casamento... Achei que pudesse ter acontecido alguma coisa... AH NÃO! – Natália falou

alto. – Não acredito que você finalmente acordou e desistiu desse casamento?!- Natália falou empolgada.

- Não! - Stefany foi firme e percebeu o descontentamento da amiga. – Tô te ligando justamente por causa do casamento... Hoje eu tenho a última prova do vestido, mas não queria que a minha mãe faltasse o trabalho e acabasse se enrolando... Então eu convenci ela de ir pro trabalho, mas queria uma companhia... Topa?

- Claro! – Natália tentou demonstrar que estava empolgada, mas Stefany percebeu que ela só queria agradar. – Que horas?

- Bem, posso ir a qualquer hora. Então quando você puder é só me avisar!

- Então tá! Vou só jogar uma água e bato aí na sua casa, pode ser?

- Fechado!

As duas desligaram o telefone e Stefany sentou no sofá da sala. Ela já estava pronta, então bastava esperar a campainha tocar para ela provar aquele vestido branco pela última vez antes do seu casamento. Ela tentou se acalmar. O nervosismo era tanto, que ela já nem sabia mais porque estava nervosa. Todas as noivas comentavam que ficavam muito nervosas às vésperas do grande dia, mas ela achava que não era esse tipo de nervoso. Stefany tinha consciência de que não gostava de Lucas, ainda mais para já estar casando com ele. Naquele momento, ela deveria estar preocupada com a festa, os salgadinhos, o vestido, o bolo... Só que a única coisa que passava em sua cabeça era se ela conseguiria ser feliz com o marido. Ela tentava se imaginar daqui a alguns anos, casada com Lucas, morando na casa deles, cuidando dos filhos, mas nada disso aparecia claramente na imaginação dela. Era como se a própria mente bloqueasse qualquer tentativa de imaginar uma vida feliz e realizada ao lado do futuro marido. Stefany estava com mais medo a cada dia, mas ela não tinha o que fazer. Faltavam apenas três dias para ela assinar um papel que a marcaria para sempre como esposa do Lucas. Mesmo que eles viessem a se separar, após aquela assinatura, Lucas ficaria marcado na vida dela para sempre. Ela precisava fugir, mas não sozinha, não naquele momento, não sem o Ricardo. Stefany balançou a cabeça para tentar esquecer do ex-namorado. Ele a tinha tratado muito mal e ela já sabia que nunca mais teria chance com ele. Ela precisava esquecê-lo de uma vez por todas. Para sorte dela a campainha tocou. Stefany levantou do sofá pegando sua bolsa e foi com Natália rumo a uma grande mudança em sua vida, que ela ainda não sabia exatamente qual seria.

- Uau! Que lindo! – Natália podia não estar muito satisfeita com a decisão de Stefany, mas naquele momento ela estava sendo sincera. – Você fez uma ótima escolha.

- Obrigada! – Stefany sorriu para a amiga e se olhou no espelho. O vestido realmente era lindo, mas, para Stefany, não era perfeito. Todas as vezes em que ela sonhava com o seu casamento, desde quando era mais jovem, ela se imaginava entrando na Igreja, à noite, com um vestido enorme, a cauda e o véu bem grandes. Mas ela escolheu um vestido bem mais simples, afinal, o casamento seria à tarde e nem teria uma cerimônia religiosa. Era um vestido branco reto, sem cauda, sem véu, sem rodas, que tinha um movimento bem bonito, mas que no final, na opinião dela, era só um vestido, não um vestido de noiva.

- Stefany? – A costureira da loja estava falando com ela.

- Ah, desculpa. Estava viajando aqui... – Stefany olhou para a costureira que estava abaixada no chão, mas que já estava se levantando.

- Eu estava dizendo que para nós está tudo pronto, não vejo necessidade de nenhum ajuste, mas você é a noiva! Você acha que precisa de algo a mais?

- Não! Tá ótimo! – Stefany se olhou novamente no espelho.

-Bem, então pode tirar que nós vamos arrumar para você poder levar para casa.

- Deixa que eu te ajudo! – Natália falou assim que a costureira saiu. – Nossa, você tá tão linda! A Amanda vai adorar o vestido! – Vendo a surpresa de Stefany, Natália completou. – Ela vai. Fica tranquila! Eu sei que ela disse que não ia porque sabia que você estava fazendo a coisa errada e tal... Mas ela é sua amiga! Ela vai sim! Pro Fábio que não vai dar.

- Como assim? – Quando Stefany entregou o convite para Fábio, ele disse que era uma pena não ter dado certo com Ricardo, mas na mesma hora ele confirmou a presença dele.

- Ele vai precisar levar o Ricardo na rodoviária. Sabe, ele ficou muito mal depois que soube do casamento. Foi duro pra ele! Tão duro que ele vai se mudar. Inicialmente ele não tem nada certo, tá indo como férias, mas ele quer procurar alguma coisa por lá pra não ter que voltar pra cá... pelo menos por agora!

- O QUE VOCÊ TÁ FALANDO?! – Stefany falou alto.

- Ai! Desculpa! – Natália, ainda estava tentando abrir o zíper do vestido de Stefany, mas se afastou. – Eu não devia ter falado dele... Sei que você tá chateada! Foi mal! Foi sem querer!

- "Sem querer"? Natália, o que deu em você?! Por que você não me contou nada disso antes?

- Contar o quê? – Natália arregalou os olhos.

- Sobre tudo! O Ricardo, a viagem, ele estar mal...

- Você pediu pra eu não tocar no nome dele! Você tava com raiva, queria esquecer. Só fiz o que você pediu!

- Não acredito! Eu sei que você não tem culpa, mas ISSO eu precisava saber! – Stefany começou a dar voltas com a mão na cabeça. – Não acredito... Ele ainda gosta de mim? – Stefany perguntou virando-se para Natália.

- Se ele gosta? – Natália riu. – Stefany, ele é louco por você! Ele só ficou pra baixo desde que vocês deram um tempo... Na verdade, ele nunca quis dar um tempo, ele só não queria falar com você naquele dia! Só que acabou dando tudo errado! Pera aí! – Natália falou alto. – Onde você tá indo? – Como não teve resposta, Natália começou a correr atrás de Stefany e gritou. – Stefany! Espera! Você ainda tá com o vestido de noiva!

- O que aconteceu? – A costureira veio para a porta da loja e só conseguiu ver uma pequena parte do vestido de Stefany virar a esquina.

- Ah, bem, é que o vestido é tão confortável que ela se recusou a tirar! – Natália riu sem graça. – Ainda tem que pagar alguma coisa?

- Não, o pai dela já pagou tudo. – A costureira continuava a olhar para a esquina onde Stefany tinha virado.

- Bem, então eu vou pegar a minha bolsa lá dentro e vou embora também! – Abaixando a cabeça e saindo rapidamente, Natália disse. – Licença.

Stefany ainda estava correndo e não sabia muito bem o que estava fazendo. Ela só se deu conta quando percebeu que estava na porta do prédio de Ricardo. Na mesma hora a mãe de Ricardo atendeu o interfone.

- Sra. Laura... É a... Stefany!... Preciso... muito... falar... com o Ricardo. – Stefany estava ofegante demais após a corrida.

- Stefany? Está tudo bem?

- Tá. Só corri... um pouquinho. – Stefany notou a preocupação da mãe de Ricardo. Os pais dele sempre a tinham tratado muito bem.

- Ah tá!

- O Ricardo, por favor.

- Stefany... Eu não sei se o Ricardo...

- Por favor! – Stefany implorou. – Eu preciso. Nós precisamos dessa conversa! Depois que ele me largou sozinha, me prometendo um tempo, ele nunca me deu a chance de conversarmos! Eu estou aqui hoje pra cobrar isso dele! Pelo menos isso!

- Deixa comigo. Ele vai descer.

- Obrigada!

Stefany se encostou no portão. Ela já tinha recuperado o fôlego, mas estava sentindo uma pontada na barriga. Ela quase não praticava exercícios físicos, então não deveria ter corrido o caminho todo. Não demorou muito, Stefany viu Ricardo do lado de dentro da portaria. Ele estava com uma expressão que ela ainda não tinha conseguido decifrar. Quando ele se aproximou do portão da rua e viu Stefany encostada apertando a barriga, ele correu para perto dela.

- O que foi? – Ricardo perguntou preocupado.

- Corri muito. É só uma pontada. – Stefany fez uma cara de dor.

- Correu por quê? – Ricardo continuava preocupado. – Aconteceu alguma coisa? Alguém tentou te assaltar? Você tá bem? – Ricardo começou a tocar Stefany, como se estivesse procurando algum pedaço que estivesse faltando. Quando ele parou e olhou nos olhos de Stefany, ela disse:

- A única parte que tá faltando e que não tá nada bem é o meu coração.

- Ah. – Ricardo respirou fundo e fechou o rosto.

- Ricardo, por favor, me escuta! A gente precisa conversar! – Stefany segurou no braço dele quando ele virou o rosto para parar de encará-la.- Você me deve isso!

- Eu te devo? – Ricardo foi frio.

- Sim! Você me pediu um tempo e nunca mais falou comigo!

- E você fez o quê? Foi correndo namorar o Lucas! Vai até casar!

- Ricardo! Isso não tem nada a ver! – Stefany fez uma pausa. – Pelo menos vamos conversar. Para colocar um ponto final! Mas vamos conversar!

- Tudo bem. Entra. É perigoso ficar na rua. – Ricardo abriu o portão e segurou para Stefany entrar. Quando eles já estavam lá dentro, ele disse. – Pronto, pode falar.

- Ok! Já que é assim... Olha só, eu amo você mais do que tudo o que eu já senti nessa minha vida! Pode ser que não seja pra gente ficar junto, mas eu te amo! E eu mereço que você me escute direito e que dê algumas explicações, porque naquela festa foi muito chato você ter me visto dentro do quarto do Lucas com uma tolha no cabelo, mas eu te expliquei tudo! Eu fui sincera desde o início. Eu nunca escondi nada de você! Eu te contei tudo o que o Lucas fez, te disse quando ele armou pra gente ficar sozinho no escritório do pai dele! Falei tudo! Então você não podia ter desconfiado de mim naquele momento. Ainda mais sabendo que ele adorava armar um monte de situações. Por mais chato que fosse, por mais que tivessem outras pessoas vendo, eu estava ali, preocupada com você, dando explicação pra você! E tudo o que eu vi e ouvi de você, foi você me pedindo um tempo e me virando as costas! Foi tudo, Ricardo! – Stefany fez uma pausa. Ricardo tinha ficado o tempo inteiro com a cabeça baixa, olhando para o chão. – Eu fiquei esperando por você, todos os dias, horas, minutos, segundos olhando para o celular que não tocava! Eu não tive uma única mensagem ou ligação, muito menos você aparecendo lá em casa pra conversar. Que tempo é esse, Ricardo? Que tempo é esse que você simplesmente some? Eu fiquei só esperando... Respeitando a sua decisão! Não era o que eu queria! Em nenhum momento eu quis um tempo, mas eu respeitei você, como eu sempre fiz e ainda faço... Será que você pode olhar pra mim?! – A última parte Stefany falou alto.

Ricardo olhou para Stefany. De cima a baixo e depois voltou a subir o olhar novamente. Ele não falava nada, apenas olhava para Stefany. Em alguns momentos, Stefany viu a boca de Ricardo se mexer, mas era impossível descobrir o que ele estava tentando falar. Até que uma hora ele conseguiu.

- Você tá vestida de noiva – Sem pontuação, porque até agora não se sabe se foi uma pergunta ou uma afirmação. O fato é que Ricardo estava encantado com o que estava vendo. Na frente dele estava a Stefany por quem ele era apaixonado, com quem ele queria se casar um dia. Mas por uma ironia do destino, ela estava, justamente naquele momento, vestida de noiva para casar com outra pessoa.

- É, Ricardo! Eu tô vestida de noiva! – Stefany não se importou se era pergunta ou afirmação. Ela confirmou de qualquer jeito. – Eu tô vestida de noiva, na portaria do seu prédio, dizendo que te amo e que você é o homem da minha vida! Eu não ligo pro Lucas, eu não gosto dele, nem como amigo! Eu quero você, todos os dias, o tempo inteiro, pra todo o sempre que a gente tiver pra ficar juntos! Eu quero ficar com você, e espero que esse vestido seja prova suficiente do quanto eu quero isso!

- Eu te vi no estacionamento do shopping com ele... Ele abriu a porta do carro pra você... Vocês tavam rindo.

- Por que você não falou sobre isso comigo antes? – Stefany não queria fugir do assunto, ela só queria entender porque ele tinha complicado tudo, mais do que estaria se eles tivessem conversado desde o início. Como não teve resposta, ela explicou. – Ele disse que não tinha armado nada daquilo... na festa dele. A gente caiu no chafariz e ele me levou pro banheiro onde todos os convidados estavam indo! Não foi pro quarto dele! Só que ele não achou nenhuma toalha! Eu ajudei a procurar e realmente não tinha! Só a que já estava em uso... Então ele me levou onde sabia que tinha... na suíte dele. Eu não queria entrar, mas era isso ou ficar molhada pela festa, com a blusa que estava transparente! Eu me tranquei no banheiro, caso ele quisesse entrar... Só que quando eu saí estavam todos vocês lá! – Stefany fez uma pausa. – Ele me jurou que não teve culpa nenhuma, que não tinha planejado nada daquilo, pediu desculpas e pediu pra pagar um jantar como um pedido de desculpa, pra mostrar que ele não teve intenção, que podíamos ser só amigos... Essas coisas. Eu não tava muito a fim, mas você já viu como é o meu pai... Ele já tava me enchendo. Se eu não fosse logo, não ia me livrar nunca dele! A gente foi jantar naquele dia e pronto. Não aconteceu nada, nem beijo, nem cinema, nem jantar muito longo. Nada demais. Foi só pra ele não me perturbar mais! Eu ainda tava esperando a sua ligação, ainda queria que a gente ficasse juntos, ainda esperava uma chance pra poder contar tudo o que tô fazendo agora!

- Se você queria tanto falar por que não me ligou?

- Não cobra isso de mim! Não é justo! Você me pediu um tempo! Você que não queria falar comigo... Você tinha que dar o primeiro passo!

- Nisso você tem razão... Acho que me perdi no meio do caminho... Mas agora não importa, você vai casar com ele.

- Eu não quero casar com ele. –Stefany se aproximou de Ricardo. – É por obrigação. Eu tô tendo que fazer isso... Eu não quero. Era isso ou, como o meu pai deixou bem claro, eu iria estragar a vida da minha família.

- Você tá me dizendo que seu pai tá fazendo chantagem com você? – Ricardo não conseguia acreditar no que a ex-namorada estava dizendo.

- Mais ou menos isso. Não é uma chantagem completa, mas ele me forçou, sim, a aceitar o pedido do Lucas. E eu não vou negar que eu aceitei a chantagem só porque eu precisava esquecer de você! Eu precisava andar com a minha vida de uma forma que não fosse ficar apenas em casa, olhando pro celular enquanto espero uma ligação sua!

- Não dá pra acreditar nisso!

- Ricardo, eu desisto! Eu não vou continuar lutando por uma coisa que depende de dois e que um, claramente, não quer mais. Eu fiquei sabendo da sua viagem, por isso vim aqui correndo, literalmente. Queria que você soubesse de toda a verdade, que a gente tivesse uma conversa e que ficasse claro que eu faria QUALQUER coisa pra ficar com você agora!

- Stefany, não... – Ricardo não conseguiu falar.

Stefany não aguentava mais. Ela precisava sair dali. Ela tinha tentado, tinha conversado e, pelo menos, tinha esclarecido tudo o que Ricardo ainda não sabia. Não adiantava ela continuar ali, argumentando com alguém que não estava a fim de voltar atrás, de dar uma nova chance. Com Ricardo, ela faria qualquer coisa, iria para qualquer lugar, mas ela não estava mais vendo um jeito disso acontecer. Infelizmente, ela acreditava que tudo tinha acabado. Ela não esperou para ver se Ricardo ia completar a frase. Ela abriu a portaria e saiu. Ele não foi atrás dela. Mas isso não importava mais, ela estava vestida de noiva, no meio da rua e se segurando para não chorar.

Ela não poderia se permitir ficar em uma situação ainda pior. Stefany precisava ser forte, sem Ricardo.

Ao chegar em casa, Stefany tirou o vestido de noiva, almoçou e ficou deitada na cama. Ainda não tinha recebido nenhum retorno dos vários currículos que já tinha enviado, o que estava começando a deixá-la preocupada. A todo momento a conversa com Ricardo voltava a cabeça, mas ela tentava esquecer. Tudo o que ela pôde fazer para não lembrar de Ricardo, ela fez. Arrumou o quarto inteiro, viu os e-mails, mandou mais currículos, viu televisão, ouviu música, enfim, ela dava uma chance para tudo o que pudesse evitar que a imagem do ex-namorado voltasse forte para sua cabeça, mas de nada adiantava. Ela não conseguia parar de pensar na frase não terminada dele. Ela ficava imaginando o que ele queria dizer que não conseguiu. Ela queria ter ficado mais, talvez se o tempo voltasse e ela ainda estivesse parada na frente dele, ela teria esperado ele completar. Era melhor ela ouvir um fora, ouvir um ponto final diretamente dele, do que ficar na eterna dúvida do que ele poderia ter dito. Quando deu por si, Stefany estava andando pela casa, naquela hora ela estava parada no meio do corredor. Ela se encostou na parede e sacudiu a cabeça, tentando espantar suas ideias para bem longe. Ela havia chegado a um momento em que era melhor nem pensar, simplesmente esquecer de tudo e de todos. Se o Ricardo quisesse mesmo falar com ela, ele teria ido atrás, teria ido procurar por ela, teria dado um jeito de terminar o que ele tinha começado a dizer. Só que ele não tinha tentado fazer nada disso. Quando ela estava voltando para casa, ainda bem próximo ao prédio dele, ela olhou para trás, e ele não tinha ido ver como ela estava, ele não foi para a rua. Ele não teve nenhum impulso de segui-la.

Stefany ouviu um barulho na porta de casa e correu para quarto. Pegou o laptop que estava carregando e acessou a internet. Provavelmente era sua irmã, e ela seria bombardeada de perguntas se fosse pega parada no meio do corredor.

- Como você tá? – Julia entrou no quarto da irmã.

- Tô bem, e você? – Stefany colocou o laptop de lado para conversar melhor.

- Tudo bem. – Julia encarou a irmã. – Falou com o Ricardo?

- Como assim? – Stefany se assustou.

- Encontrei com a Natália na portaria. Ela me contou o que aconteceu quando vocês estavam na loja.

- E quem disse que eu fui procurar o Ricardo?

- Fala sério, né?! A gente não é burra! – Julia não desviava o olhar da irmã.

- Tá bem! É que eu não queria falar sobre isso... Não adiantou de nada! Ele não quis me ouvir direito... Acabou.

- Tudo bem. A sua história com o Ricardo acabou, mas não é por isso que você tenha que estragar o resto da sua vida. O Ricardo pode não estar no seu futuro como você gostaria e tinha imaginado, mas com certeza não vai ser colocando a força o Lucas lá que você vai ser feliz ou esquecer o Ricardo. Pensa nisso! POR FAVOR! Ainda tem tempo! – Julia estava implorando.

- Julia, eu JURO que vou pensar e amanhã te dou uma resposta, ok?

- Ok! – Julia sorriu, deu um beijo na bochecha da irmã e deixou a irmã sozinha.

No resto do dia, Julia não falou mais com a irmã. Algumas vezes elas se esbarraram pela casa e Julia apenas sorria, como se estivesse encorajando Stefany a fazer o que era certo. Stefany, por sua vez, sabia que nada poderia ser feito. Ela não tinha mentido para a irmã quando jurou que repensaria sua decisão. Ela realmente o fez, assim que a irmã fechou a porta do quarto, só que ela não conseguiu achar uma saída. Tudo já estava pronto: os convites já tinham sido entregues, o vestido estava pronto, o pai estava feliz com o cargo que iria assumir a partir da semana seguinte. Se fosse para não casar, Stefany teria que cometer uma loucura, e ela não negava que adoraria cometer uma loucura com Ricardo, só que sozinha não teria graça nenhuma, além de ser impossível. Ela pensou muito no que poderia fazer para não casar, ou pelo menos adiar, mas nada aparecia em sua mente. Quem teve a ideia louca de casar o mais rápido possível foi ela. Se ela soubesse o arrependimento que isso ia causar, ela com certeza não teria estipulado data nenhuma durante a formatura, mas, no desespero, ela achou que casando o mais rápido possível, ela se controlaria mais e não correria o risco de querer desistir no meio do caminho. Agora Stefany batia na testa ao perceber que de nada adiantou: ela apressou tudo e em dois dias estaria casada, mas ainda assim estava com vontade de sumir e nunca mais aparecer.

Durante o jantar João não parava de falar sobre o casamento. Normalmente, quem pedia para ele se controlar eram Ana ou Julia, mas daquela vez tinha sido Stefany.

- Pai, por favor, para de falar nesse casamento! Eu não aguento mais! – Stefany olhou para o pai.

- O que eu falei demais? – João se defendeu, como fazia sempre.

- Eu não quero pensar nisso! Eu já estou nervosa, não preciso que você fique falando disso o tempo inteiro! Eu vou ficar mais nervosa ainda e isso não é legal! Agora eu só preciso ficar calma, pode ser?

- Desculpa. – Na mesma hora João parou de falar e Julia deu um sorriso discreto.

Antes de dormir, Stefany verificou várias vezes se Ricardo tinha mandado alguma mensagem ou telefonado. Por duas vezes ela reiniciou o celular para ter certeza de que ele não estava travado e que ele iria funcionar caso Ricardo ligasse. E ela fez isso mesmo após ter recebido várias mensagens de Lucas e uma ligação. Ele dizia que estava ansioso, mas todas as vezes falava de como seria boa a vida deles após o casamento: planejava várias viagens ao redor do mundo, os filhos, as festas que iam dar quando tivessem a própria casa. Stefany precisava se segurar para não o mandar calar a boca. Ela continuava repetindo que não aceitaria ter uma vida daquelas, mas ele só dizia que quando ela se acostumasse, ela não iria querer saber de outra coisa. Ela conseguiu se controlar, até a hora em que ele disse que ela não ia trabalhar, a não ser que fosse na DanEng. Stefany explicou que não queria isso, que ela queria ser chamada para trabalhar em algum lugar por mérito dela, e não só por ser casada com o filho do dono da empresa. Lucas parecia não ouvir. Na verdade, Stefany tinha a impressão de que ele já tinha programado todo o futuro dela dentro da empresa: Ela iria conhecer cada parte da empresa, toda a estrutura, todas as filiais e, quando estivesse pronta, ia assumir um papel na diretoria. Stefany não conseguia acreditar nisso. Era ótimo trabalhar na diretoria, todo mundo sonha em chegar a um lugar assim um dia, mas ela não queria daquela forma, ela queria chegar por reconhecimento e merecimento. Lucas riu quando ela disse isso e Stefany desligou na cara dele. Depois, ele mandou uma mensagem pedindo desculpa e, para ele não continuar enchendo a paciência dela, ela avisou que ia dormir.

Durante toda a noite, Stefany sonhou com Ricardo, o que foi horrível para ela, pois em todos os sonhos eles eram felizes e ainda estavam juntos. Quando Stefany acordou pela manhã, com o celular vibrando, ela se agarrou ao travesseiro e resmungou que não queria acordar. O celular continuou vibrando insistentemente e, quando Stefany não aguentava mais ouvir aquele som, ela atendeu reclamando:

- Eu tô tentando dormir! Tava num sonho muito bom e você tá atrapalhando.

- Você me ama?

Stefany deu um pulo da cama, não poderia ser quem ela estava pensando, ela tinha sonhado tanto com Ricardo que achava que ele estava telefonando para ela pela manhã. Antes de dizer qualquer coisa, ela tirou o celular do ouvido e olhou para o visor. Para sua grande surpresa era Ricardo mesmo.

- Ricardo? – Stefany confirmou assustada.

- Você me ama? – Ricardo repetiu a pergunta.

- Amo. Ricardo... – Stefany não conseguiu terminar de falar.

- Você disse a verdade que faria qualquer coisa pra ficar comigo?

- Sim. – Stefany se sentou na cama, pois não conseguia se manter em pé.

- Você quer casar comigo no futuro?

- O quê? – Stefany olhou novamente para o visor para garantir que não tinha visto errado o nome de quem tinha telefonado.

- Você quer casar comigo no futuro? – Ricardo repetiu a pergunta.

- Sim! – Stefany sorriu. Era tudo o que ela mais queria.

- Então esteja na portaria da sua casa em três horas, com bastante roupa e seus documentos. A gente vai fazer uma viagem hoje. As passagens de ônibus já estão compradas, então não pode ter atraso. Se você quiser ficar comigo, para sempre, eu vou estar te esperando na portaria em três horas pra gente continuar as nossas vidas. Só que eu não sei como vai ser com relação aos seus pais, principalmente com o seu pai, já que...

- Ricardo, para! – Foi a vez de Stefany interromper. Ela sorriu. – Eu tenho muita coisa pra aprontar em três horas. No ônibus a gente conversa. – Stefany desligou o telefone, trancou a porta do quarto e começou a fazer as malas.

Stefany não quis pensar no que estava fazendo. Ela sabia que ia levar uma bronca enorme dos pais e que ia ser muito ruim quando eles se encontrassem, mas ela tinha que fazer aquilo. Pela primeira vez ela estava agindo como ela queria, como ela achava que devia, e não como o seu pai queria ou como ela achava que ia agradar ao pai. Stefany já tinha idade para começar a seguir os seus próprios passos, e João teria que entender isso. Infelizmente, essa seria a única forma. Ela já havia tentado conversar com o pai e nunca adiantava, ele estava sempre certo, ele sempre sabia o que era melhor para ela. De qualquer forma, Stefany não ia fugir. Ela arrumou as malas, deixou escondidas no armário e foi tomar café, como se nada tivesse acontecido. Quando o pai saiu para o trabalho e Ana estava terminando de se arrumar para sair também, Stefany disse que precisava falar com a mãe e com a irmã. Stefany contou tudo: a corrida vestida de noiva até o prédio de Ricardo, a ligação de Lucas e a ligação de Ricardo. Julia começou a pular e abraçou a irmã forte. Ana também não conseguiu disfarçar a felicidade, como ela mesma disse, ela sempre soube que a filha não gostava de Lucas, mas ficou preocupada que Stefany viajasse sozinha com Ricardo e com a reação de João. Para acalmar a mãe, Stefany ligou para Ricardo, contou que sua mãe estava sabendo de tudo e passou o telefone para eles conversarem. Ana o fez prometer que ligariam todos os dias, que avisariam se tivessem algum problema e que a filha não voltaria grávida para casa. Nesse momento Stefany tirou o celular da mão da mãe e desligou.

- Mãe! Não tinha necessidade dessa última parte! – Stefany estava vermelha.

- Eu me preocupo com você! Vocês ainda são jovens! – Ana explicou.

- Mãe, eu sei que você se preocupa. Mas nós não somos irresponsáveis! Eu não estou fugindo. Eu conversei com você, te contei pra onde estou indo, você tem o endereço de onde vamos ficar e o número do ônibus que vamos pegar! Eu não estou escondendo nada de você, e nem quero! Eu só preciso fazer isso agora porque o meu pai não vai aceitar! Só que eu não posso continuar fazendo de tudo só para agradar, principalmente sacrificar a minha felicidade para ele ter um cargo acima.

- Você tem razão! – Ana abraçou a filha. – Vou sentir saudade!

- A Julia vai estar aqui! E nós não vamos morar lá! São só três semanas! É só o tempo das férias do Ricardo... Depois a gente volta pra enfrentar todo mundo! Mas depois de tudo o que nós dois passamos, nós precisamos desse tempo pra renovar.

Já estava na hora de descer. Ana e Julia acompanharam Stefany até a rua, onde Ricardo já esperava com o táxi. Enquanto Ricardo falava com Ana, Stefany se despediu de Julia e agradeceu a força que a irmã tinha dado durante todo esse tempo. Finalmente as duas tinham virado amigas. Stefany puxou Julia para mais um abraço e disse que sentiria muita saudade. Ela viu uma lágrima escorrer do olho direito de Julia, que logo secou e negou, alegando que era impressão. Julia não queria que Stefany a visse chorando. Depois foi a vez de Stefany se despedir da mãe. Ana não se conteve e chorou ao abraçar a filha. Stefany tentou lembrar que nas últimas férias tinha ficado bem mais tempo longe de casa e que a mãe não tinha chorado tanto. Ana secou as lágrimas, segurou o ombro da filha e falou:

- É que agora eu vejo que a minha filhinha cresceu!

Elas se abraçaram mais um pouco até Ricardo pedir desculpa e avisar que eles precisavam se apressar por causa do horário do ônibus. Quando já estavam dentro do táxi, Stefany falou pela janela:

- Não esqueçam: vocês não sabem de nada! Eu deixei um bilhete no quarto antes de "fugir". – Stefany deu tchau e o táxi andou.

- A gente ainda não conseguiu se falar! – Ricardo estava olhando para Stefany.

- Falar o quê? – Stefany estava terminando de fechar o vidro.

- Como vai ser com o seu pai, com o Lucas, com o emprego do seu pai...

- Não sei! Eu só vou pensar nisso quando voltar, agora não é hora de pensar neles! Nas últimas semanas eu só pensei neles, nas próximas... Eu só vou pensar na gente!

- Gostei! - Ricardo sorriu. – Se não vai falar deles, vamos falar do que, então?

- De nada! – Stefany se aproximou de Ricardo. – A gente não vai falar nada! Depois de todo esse tempo eu não quero falar! Eu quero aproveitar cada minuto.

Stefany abraçou Ricardo e eles se beijaram. Um beijo apaixonado e verdadeiro. Um beijo de amor entre duas pessoas que se amam e que não vão deixar que nada, nem o dinheiro e nem a vontade de outros, entre no meio dos dois.

Este livro foi composto
em Electra LT pela Editora
Autografia e impresso em
papel offset 75 g/m².